소리 없이 표현하는 엔터테이너 김리후

?

영화 <코다> 주인공 트로이코처 통역

?

소녀시대 수영은 흥미롭게 수어를 배웠다

데뷔 전 모델 활동

일본에서의 모델 활동

<미드나잇 썬> 스틸컷

<사랑은 100℃> 스틸컷

이탈리아 데플림픽

국제 이사

김리후

한국농아청년회서 활동하며 농 문화 알리기에 열심이다

?

누구 시리즈 ㉒

소리 없이 표현하는 엔터테이너 김리후 – **누구 시리즈 22**
김리후 지음

초판1쇄 발행 2023년 11월 1일

지은이　김리후
펴낸이　방귀희
펴낸곳　도서출판 솟대
등 록　1991년 4월 29일
주 소　서울시 금천구 서부샛길 606, 대성지식산업센터 b동 2506-2호
전 화　02)861-8848
팩 스　02)861-8849
홈주소　www.emiji.net
이메일　klah1990@daum.net

값 12,000원

ISBN 978-89-85863-92-6 03810

주최 사)한국장애예술인협회

후원 🌀 문화체육관광부　　한국장애인문화예술원
Korea Disability Arts & Culture Center

22

누구 시리즈

소리 없이 표현하는 엔터테이너 김리후

김리후 지음

국내 청각장애인 영화배우 1호, 만능 예능인

아직은 열매를 기대하며 땀 흘리고 있는 중

　어떤 방식으로든 자서전을 쓴다는 일에 적지 않은 걱정이 있었고 망설임이나 주저함도 적지 않았다. 내 나이 이제 30대 중반이고, 내 이야기를 책으로 담아낼 정도의 그렇다 할 내용이 없기 때문이다. 그러나 내가 드러내 놓고 평가할 만한 무엇이 있어서가 아니라 농인이라는 정체성과 수어 등 농 문화를 널리 알리고 사람들의 이해를 돕는데 역할을 할 수 있다면 용기를 내보기로 했다.

　언론에서 나를 '국내 최초 청각장애인 영화배우 1호'라고 한 만큼 나스스로를 엄격하게 비난하고 다그쳤던 시간들을 돌아보면서 그래도 뛰어 보려는 내 의지를 위로하고 지지하련다. 나와 같은 농인을 위해서 해 온 다양한 일은 또 다른 농인인 나를 위한 일이기도 하니까 멈출 수가 없다. 그리고 내 이야기가 농 선배들의 지난 수고와 열정을 이어 동생들에게 전달을 해 줄 수 있고 농아동과 청소년이 하고 싶은 일에 도전하고 이미 용기를 낸 농청년들에게 힘이 되고 보탬이 된다면 부끄럽지만 일단 써 보자고 나를 응원하며 시작하고, 맺었다.

　솔직히 크게 내보일 만큼의 열매는 없다. 아직은 실하게 매달릴 열매를 기대하고 기다리며 한껏 땀 흘리고 있는 중이다. 그 이야기를 나눌 수 있을 것 같다. 배우로, 유튜버로 농통역사로 역할을 하면서 나는 어떤 생각을 하고 또 어떤 꿈을 꾸며 매일을 살고 있는지 이야기하겠다. 그리고 좀 더 시간이 지나서 각자의 열매를 가지고 만날 수 있기를 기대하겠다.

우리나라는 한국수어를 포함해서 공용어가 둘이다. 아시아에서 최초로 자국 수어를 언어로 공식적으로 인정했다. 현재 곳곳에서 한국어를 한국수어로 통·번역해서 영상으로 만들고, 보급하여 농인들의 정보접근권을 보장해 주는 작업을 하고 있는데 이 글도 언젠가는 수어 버전으로 제작되어 더 많은 농 후배들이 알았으면 좋겠다. 구화 교육을 받다가 평균적으로 열 살이 지나서야 수어를 익힌 그들이 수어로 소통하며 농인으로서 정체성을 구성하고 연대하길 기대한다. 그리고 세상에 나아가 더 많은 사람들을 만나고 경험하며 생각할 수 있는 기회를 누리기 바란다. 그러면 다양하고 재미있는 꿈이 뛰어다닐 거다. 세상은 더 재미있어질 거다. 그리고 농 문화뿐만이 아니라 장애인예술 전체가 더 풍요로워질 거다.

2023년 무더위 어느 날
배우 김리후

차례

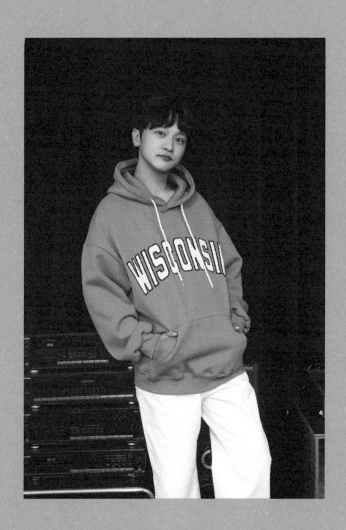

나, 김리후

...

내가 누구이며, 어떤 일을 해 왔고 어떠한 일을 하고 있는지 소개해야 하는데, 이건 정말이지 어려운 것 같다. 배우, 모델, 방송인 외에도 수어를 주 언어로 삼고 의사소통을 하는 농(Deaf) 사회의 구성원으로서 다양한 활동을 했다. 농인과 농 문화에 대해서 크고 작은 인터뷰를 하고, 농통역사로서 많은 일을 소화해야 하는 역할도 했다. 이런 까닭에 나는 '배우님', '선생님' 등 다양한 호칭으로 불린다. 어떤 한 단어로 딱 정해서 직업과 함께 간략하게 소개하는 게 참 쉽지 않다.

먼저, 나는 배우다. 첫 작품부터 주인공을 했지만 2010년 이후 지금까지 출연한 작품이 단 두 편밖에 되지 않는다. 관객 수는 두 편 모두 소박하다. 사람들이 알아볼 만큼 유명하지 않고 무엇보다 연기가 많이 부족하다고 생각한다. 특히나 한국어로 완성된 대본이나 시나리오를 캐릭터 성격에 맞는 말투에 적합한 수어로 번역해 연기를 하는 방식을 나 혼자서 고민하고, 고안했어야 했던 만큼 여러모로 어려움이 있었다. 그런 까닭에 사실 영화배우로 소개받거나 스스로 나를 소개해야 할 때 부끄럽다.

그러나 내가 멋지지 않아서 부끄럽거나 기죽지는 않는다. 나는 배우가 되고 싶었던 분명한 이유와 목표가 있었고, 앞으로도 배우를 해야 할 명확한 목표와 신념이 있다. 지금도 목표를 성취하고자 도전 중이다. 사실 '배우로 살아가기'는 내가 내게 주는 과제이기도 하지만, 아시아 전체를 통틀어서 모든 농인들의 자긍심을 지키는 중요한 일이기도 하다. 나의 '특별한'(이 또한 다른 이들이 보기에 그런 것이지만) 존재적 특성 덕분에 세상과 나눌 이야기가 많기 때문이다. 그 이야기라는 것이 대화 상대에 따라서 어떤 이들에겐 답답한 것이기도 하고, 뭐 어쩌면 갈등을 빚기도, 또 해소할 수도 있는 것이어서 정말 정성 들여 신중하게 진행되어야 한다. 그래서 나는 매번 다른 인물로 분해 연기하는 배우가 되기를 기대했고, 도전했던 거다.

솔직히 객관적으로 나 자신을 평가해 보면 대단할 정도로 많은 활동을 해 왔다고는 말할 수 없다. 배우로서의 필모그래피라고 해 봤자, 대표작으로 영화 두 편이고, 2014년 이후로 이렇다 할 차기작이 없는 것은 사실이다. 이건 '우리나라 청각장애인 배우 1호'라는 자부심으로 작품(영화)을 고르고 있다는 얘기가 아니다. 농인 배우를 통해서 농 문화를 널리 알리고 어울려 지내겠다는 나의 열정만으로는 할 수 있는 일이 너무나, 너무나 적다는 것을, 어쩌면 없다는 것을 알아 버렸다는 얘기다. 열정과 패기로만 세상을 살아가기란 참 어려운, 불가능할 수도 있는 일이란 걸 알아 버린 결과이기도 하다.

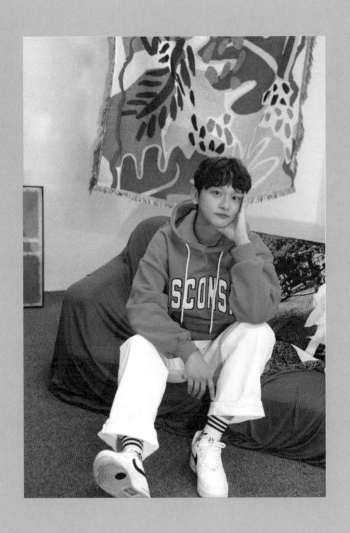

나는 이제 30대이고, 언제까지 과거의 추억에만 매달릴 수는 없는 노릇이다. 그럼에도 나로 인해 배우라는 꿈을 갖게 되었다는 농 후배들을 위해서 '배우'라는 직업을 놓지 않고 있지만, 혹여 누군가가 그런 내 모습을 보고 부질없는 오기라고만 봐주지 않았으면 좋겠다.

'하고 싶은 일을 마음껏 하려면 외국에 나가 살아야 하는 것만이 답이다.'

그저 농인들이 이렇게 생각하지 않게끔, 그리고 충분히 우리나라에서도 언제든 할 수 있다는 꿈을 꿀 수 있게끔 아등바등 열심히 살고 있음을 응원해 주면 좋겠다.

이미 농인들에게 사회의 벽은 높지만 배우로서 곳곳에 수많은 오디즘(Audism, 청능주의)이 숨어 있다는 것을 톡톡히 깨달은 지금, 나는 숨을 고르고, 좀 더 신중히 때를 기다리고 있다. 인내도 실력이라 했다. 나의 시간을 기대하고 기다리며 지금 시간을 알차게 채워 내리라 매일 다짐하고 있다.

나는 주변을 관찰하는 습관이 있다. 길을 지나갈 때 광고 문구를 보면 수어로 어떻게 잘 표현할지 고민한다. 또 뉴스를 꼭 본다. 국제적인 이슈는 영어, 일본어 뉴스까지 챙겨 본다. 이렇게 다양한 언어로 표현 방법을 고민하고, 정보를 수집하는 이유는 배우로서 내가 맡은 배역의 대사를 수어로 어떻게 연기해야 하는지 또 농통역사로서 어떻게 수어로 통·번역을 정확히 전달할지 늘 고민하던 문제에 답을 얻기 위해서다. 또 나의 말 한마디 한마디가 자칫하면 모든 농인들의 입장을 대변하는 말로 비칠 수 있으니 되도록 상식을 기반으로 답변할 수 있도록 준비되어 있어야 하기 때문이다.

관찰 습관은 20대 대부분의 시간을 쏟아부으며 생겼다. 영화로 데뷔한 직후 당시 담당자의 제안으로 한국농아방송에서 뉴스를 전달할 때 크게 필요를 느끼면서 시작됐다. 한국어와 한국수어는 문법 체계가 달라서 수어 통역이 제공되지 않은 경우 대체 방안으로 한국어 자막을 본다고 해서 간단히 해결될 일이 아니다. 그래서 한국수어로 정확하게 전달하기 위해서 내용을 거듭 검토하고 수정한다. 농인들에게 정확한 정보를 전달하고, 문화를 향유할 수 있는 기회를 제공하는 데에 오해가 생기거나 잘못된 정보를 전달할 수 있기 때문이다. 길을 거닐며 읽는 간판이나 신조어 등에 대해서도 농인들이 알기 쉽도록 전달해야 하는데 그 뜻이 왜곡되지 않도록 분석, 검토하고 연습한다. 또 속담이나 사자성어 등도 어떻게 쉽게 전달할 수 있을까를 생각하고 답을 얻는데 주변 관찰은 큰 도움이 된다. 특히, 방송예술계에는 농인이 없는 만큼 하루의 대부분을 청인과 접촉하는 시간이 많은 나에게는 관찰이 한국수어 표현의 정확성을 완성하는데 최적의 방법이다. 일상에서 틈틈이 관찰하고 고민하는 습관은 지난 오랜 세월 수어와 농인에 대한 무지에서 비롯된 왜곡된 어휘와 문법 개입 등으로 한국어대응식으로 소통하는 방식에 따라가지 않으려는 노력이다.

스마트폰으로 세상 모든 정보를 접할 수 있는 요즘 한국어는 쉽고도 중요한 길잡이다. 그런데 수어를 무의식적으로 한국어대응식으로 따라가 표현하게 되는 일이 적지 않다. 심지어 흔한 농인조차 표정과 비수지기호(NMS, non-manual signals)의 차이를 헷갈려 하는데 수어는 손이나 손가락에 한정하지 않고, 얼굴 표정과 몸의 움직임이나 방향을 사용하는 시각 언어이다. 표정이 다채로운 사람은 말 그대로 감정 표현이 풍부한 사람이지 수어 구사 능력과는 전혀 별개다. 한국인이라고 해서 모든 한국인이 외국인들에게 한국어를 가르치거나 아나운서 급의 어조와 말씨(diction)로 정확하게 발음하고 있지 않는 것과 마찬가지로 수어에 대한 교육이나 지도는 농인 중에서도 또 전문가가 따로 존재한다. 농통역과 함께 수어교육에도 관심을 갖고 열심히 하는 이유가 이것인데 하고 있는 일이 제법 많아서 체력적으로도 버겁고, 의지와 마음도 따라 주지 않을 때가 간혹 있다.

농통역사는 국내에서 공식적으로 '청각장애인통역사'가 맞는 명칭이다. 수어를 아예 모르는 문맹 농인이나 후천적으로 시각장애를 갖게 된 농맹인(반대로 나중에 청각장애를 갖게 된 시각장애인은 시청각장애인이라고 한다) 혹은 외국 농인 등에게 원활하게 메시지를 전달하는 중계자 역할과 체계적인 의사소통을 촉진하는 역할을 하기 때문에 '농통역사'라는 명칭을 선호하는 농인이 대다수다. 매체에서 흔히 만날 수 있는 이들의 수어를 수정 및 보완해 주고 크고 작은 행사의 진행을 맡기도 하며 책의 내용을 수어로 번역하는 일 등

영화 <코다> 주인공 트로이코처 통역

수어의 날 국제수어 통역

또, 인터넷과 스마트폰을 이용해 실시간 예매를 한 뒤

수어뉴스 진행

수어와 관련한 다양한 프로젝트에 참여하며 이를 홍보하고 교육하는 일도 열심히 하고 있다.

 그러니 나는 늘 뛴다. 그렇다고 일로 돈을 많이 벌지는 못한다. 그래도 다행인 것은 미국과 유럽에서 농통역사들이 수어통역사의 자리를 대신해 미디어에 노출되는 비중이 늘고 있어서 그런지 우리나라에서도 따라가는 분위기가 차츰 조성되고 있다. 아직까지는 '열정페이'를 당연하게 여기는 인식이 곳곳에 자리하고 있는 것이 아쉽지만 말이다. 과거 내가 열정으로 시작한 일을 정직하게, 성실하게 했는데, 시간이 지나면서 여러 일에 체계가 갖춰지고, 전문화되기도 했다. 그래서 농인, 농 문화에 대해서 더 이상 입이 부르트도록 말하지 않아도 농인과 다른 이들이 자연스럽게 농 문화를 인정하고 받아들이는 그날, 그날이 오면 나는 농 선후배들이 그동안의 열정페이를 제대로 정산받았으면 한다. 그래서 나는 지금까지의 나를 이야기하기보다 지금부터 해야 할 일, 하고 싶은 일을 잘 계획하고 기록해야 한다.

청력 손실, 누구의 잘못도 아닙니다

...

1990년 5월 25일 낮 12시 30분경 경기도 이천 소재의 제일산부인과에서 나는 세상 빛을 보았다. 아빠가 말하기를 나의 고향은 곤지암이라고 하지만, 그때 당시에는 개인 산부인과가 다 작았기에 근처 동네에서 세상에 나온 것이었다. 대부분의 아기들이 우렁찬 울음소리로 존재감을 확실하게 뽐내는 것처럼 나도 다른 아기와 다를 바 없이 똑같이 목청이 컸다고 한다.

벌어진 밤송이 세 개가 나의 태몽이었고, 꿈 내용 자체가 평범했기에 부모님은 내 귀에 문제가 있다는 것을 늦게 알게 되었다. 돌 전에 '엄마'라고 말하기는 했지만, 세 살 때도 말이 너무 더딘 거 같아서 병원에 데려가 청력에 손실이 있음을 확인하셨단다. 신대리에 살던 시절 동생이 돌 지났을 때 아빠 친구가 노래방을 오픈해서 그때 방문한 게 청력 손실의 계기인 것 같다는 것이 엄마의 추측이지만, 병원에서는 원인불명이라고 한다.

돌잔치에서 할머니와

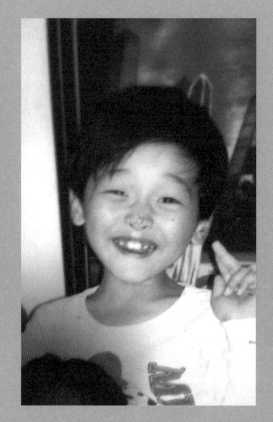

웃기를 잘하던 아이

나는 그냥 그렇게 태어난 거다. 다른 지인들 대부분도 세 살 때 청각장애가 있다는 것을 알게 됐다고 했고, 원인불명이라는 것도 똑같았다. 엄마는 그때부터 나를 잘 보호하지 못한, 너무 늦게 알게 된 일이 모두 당신의 잘못이라고 자책하셨다. 신생아는 여러 감각 중 청각이 제일 늦게 발달을 하니 늦게 알아차릴 수밖에 없는 것이 당연한데도 말이다.

나는 이 글을 통해 다시 한 번 엄마에게 말하고 싶다. 아이의 사소한 문제까지 전부 본인 탓이라고 생각하는 세상 모든 엄마들에게도 말하고 싶다. 당신 자녀의 청력 손실은 엄마 잘못이 절대로 아니다. 우리는 그냥 그렇게 태어난 것이고, 자연현상 중에 하나일 수도 있다는 사실을 말이다. 어떤 신체적 결함이나 병명으로 잘못 태어난 존재는 아니라는 것만 평생 기억해 줬으면 한다.

그러나 우리 부모님은 나에게 장애가 있다는 사실을 쉽게 받아들이지 못하셨던 것 같다. 몇 개월 간격으로 내 청력을 추적 관찰하셨고, 여러 차례 검사를 통해서 얼마나 들을 수 있는지, 보청기를 하면 어느 정도 소리까지 들을 수 있는지 등을 알아보기 위한 검사를 계속하셨다. 그래서인지 내 인생 첫 기억의 시작부터 내 귀에는 보청기가 있었다.

하지만 내겐 '잘 들리지 않는다'는 것이 불편한 일도 속상한 일도 아니었다. 어린이집에서도 친구들과 어울려 지낼 때도 나는 친구들도 당연히 보청기를 착용했을 것이라 생각했고, 친구들도 나의 청력에는 관심이 전혀 없었던 것으로 기억한다. 생각해 보면 '머리가 커지면서' 각종 편견과 선입견을 차곡차곡 쌓는 것 같다. 편견을 만날 때마다 참 안타깝고 복잡한 감정이 찾아와서 잠깐이지만 쓸쓸하다.

나는 소위 말하는 일반 학교에 다녔다. ('일반 학교'라는 단어를 사용하는 것에 거부감이 든다. 그렇다면, 특수학교나 농학교는 일반적이지가 않다는 의미일까?) 친구들과 신나게 뛰놀며 지낸 초등학교 때와 달리 중학생이 되고 보니 해야 할 일도 많았다. 공부는 물론이고 학원을 다니면서 또 동시에 고등학교와 대학 진학 등을 심각하게 고민해야 했다.

중학교 3학년 때 학교에서 진로적성검사를 한 적이 있었다. MBTI 성격유형검사처럼 문항에 맞는 답변에 체크하는 간단한 검사였다. 검사 결과는 놀랍게도 예술 분야만 압도적으로 높았다. 수리, 논리, 언어 영역은 반 친구들뿐만 아니라 전국 또래보다 낮았는데 그 낮은 영역들이 모두 비등비등하게 낮았기 때문에 내게 맞는 일이 무엇일지에 대해서는 상당히 많은 고민과 속앓이를 했었다. 가수가 꿈이었던 엄마가 결혼을 일찍 해 우리 남매를 키우면서도 노래가 하고 싶어 KBS〈도전! 주부가요스타〉에도 출연을 했는데, 그런 엄마의 끼를 물려받았는지 나도 연예인이 하고 싶었다.

하지만 장애가 있어도 남들보다 뒤처지지 말라고 컴퓨터 학원도 보내고 워드프로세서와 컴퓨터활용능력 자격증을 따게 했었던 엄마에게 솔직하게 말하지는 못했다. 나 자신도 스스로 청각장애가 있는 내게 '아티스트'라는 영역은 감히 시도도 해 볼 수 없는 그런 미지의 영역이라고 생각했다. 그래서였는지 한동안 좀 쓸쓸한 생각이

들기도 했다. 그리고 적성검사 진행과 결과에 대해서 질문하거나 상담 등이 대략적이어서 회사나 또, 학교에서 구성원 중에 장애 학생이 있다는 것을 알고 그에 맞는 진로적성검사를 했다면 모두의 관심과 화제 속에서 나만 떨어져 나온 것 같은 소외감은 좀 덜했을 것 같아 서운했다.

그런데 재미있는 사실은 고등학교에 갓 입학해서 치른 MBTI 검사에서도 나름대로 신중하게 예술에 관한 질문이다 싶은 부분에는 '아니오' 혹은 거기에 근접한 답변으로 체크했는데도 결과는 거의 같았다는 거다. 결과가 실시간으로 바로 나와서 확인할 수 있는 온라인 형식도 아니고, 심지어 학교도 다르니 분명 전문기관이 같은 곳일 가능성은 거의 없었다.

결과지를 받고도 나는 방황을 계속했다. 내가 도대체 무슨 일을 할 수 있을까? 어릴 적부터 예쁘고 잘생겼다는 칭찬을 흔하게 들었으니 어른들 말대로 탤런트가 되어야 할까? 내게 있는 장애를 인정하고 많이 편안해졌다고 생각했지만 어느 지점에서는 해결하기 어려운 문제 앞에 서 있었다.

나는 마치 아기일 때부터 발목에 쇠사슬 차고 말뚝에 붙잡혀 키워진 커다란 코끼리 같았다. 성체가 되면 얼마든지 가느다란 쇠사슬을 끊고 자유롭게 걸어 나갈 수 있을 텐데도 늘 조심하고 또 조심해서 살아온 습관 때문에 하고 싶은 대로 마음껏 무언가를 할 엄두를 못 냈다. 지금에야 다양한 직업군을 가진 국내외 농 인물들을 잘 알고 있지만, 그때는 '농인'이라는 개념 자체도 알 턱이 없는 일반 학교에 재학 중이었기에 관련 정보를 접할 기회가 없었고, 감히 그런 상상조차 할 수가 없었다. 농학교로 전학 가고 고등학교 졸업을 앞두고서는 진로에 대한 걱정이 부쩍 더 많아질 수밖에 없었기에 걱정과 약간의 두려움은 늘 곁에 있었다.

물론, 진로 고민에 대해서는 어머니와 얘기한 적이 있었다. 어떻게 말을 꺼냈는지는 기억나지 않지만 어머니는 자식을 향한 걱정 때문이셨는지 정말 냉정하게 답해 주셨다. 어머니의 뼈아픈 현실적 조언은 지금도 생생하게 기억한다.

'장애가 있는 사람은 아무래도 직업을 고르고 선택하는 과정부터가 순탄치 않다, 내가 하고 싶은 것과 세상이 제시하는 선택지에 맞물리는 일을 선택해야 한다.'

어머니의 말씀은 옳았다. 물론 미래는 알 수 없고, 장애가 없다고 해서 모든 일로 원하는 대로 진행하거나 성공할 수는 없다. 그러나 이제 성인이 되니 내 생계는 내가 꾸려야 한다는 생각도 했던 터라 꽤 마음고생이 심했다.

대학을 갈지 취업을 할지 선택하지 않으면 안 되는 고3 때 학교 친구들과 종로에서 놀다가, 지금은 없어진 '피아노 거리'에 즐비했던 사주를 봐주는 곳 중 한 곳에서 직업운을 본 적이 있다. 거기서도 "예술 쪽이나 연예인을 할 팔자!"라고 했다. 아니, 장애인한테 무슨 연예인이 가당키나 한가, 그게 말이 되냐면서 화들짝 놀라 반문했지만, 어떻게 연예인이 되는지는 구체적으로 잘 모르겠고 사주 자체가 그렇다고 대답했었다. 그냥 지푸라기라도 잡는 심정으로 단순히 직업운을 보고 싶던 건데 이쯤 되면 정말 운명이구나 하는 생각을 그때 처음 했었다.

가수가 꿈이었던 엄마를 닮아서인지 작사를 하거나 춤추는 것을 좋아했다. 그래서 한 번 방송에 나간 적도 있었다. 원래는 주 1회 분량으로 두 번 전국에 송출되는 방송에 출연 제의를 받은 것이었는데 이미 두 차례나 KBS 〈인간극장〉 출연을 반대했었던 어머니는 이마저도 방송국 관계자와 협의해 1회 분량으로 송출되었다. 상당히 많은 촬영분을 잘라 내고 대중에 나를 보이는 것으로 협의했던 엄마는 내 존재 자체가 사람들에게 알려지는 것을 걱정했었다. 장애가 있는 자식을 둔 어머니는 나보다 먼저 생판 서로에 대해 잘 알지도 못하면서 수군대는 사람들을 상대했었으니, 당사자인 내가 겪게 될 미래를 생각하면 우려되는 부분이 많았기 때문이었다.

아무런 선택도 하지 못한 채로 졸업했고, 거의 2년 동안 놀기만 했다. 그러다 문득 사람들이 어릴 때부터 장애인치고는 잘생겼다, 탤런트 같다고 말했던 게 생각나고, 중학생 때 방송작가 누나가 나에게 '뭐가 되든 될 것 같다'면서, '장애'를 핸디캡으로 여기지 말고 그걸 발판 삼아 날아올랐으면 좋겠다고 한 말이 갑자기 생각났다. 그렇게 해서 사진 모델에 지원했다가, 우연히 그 잡지를 본 김조광수 감독님이 직접 연락을 주어 데뷔하게 됐다.

사진, 모델과 배우의 길을 만들고

...

중학생 때까지도 가요를 잘 몰랐던 나는 어느 날 보아 팬이었던 친구 덕분에 가수 보아의 존재를 처음 알게 됐다. 만 14세의 나이로 데뷔한 보아는 역동적인 춤을 추면서도 안정되고 시원한 목소리로 고음을 냈다. CD를 삼켜 먹은 듯한 발성이 탁월해서 어떠한 곡을 소화해 내는 목소리가 내 귀에도 선명하게 들렸다. 어린 나이에 일본이라는 낯선 외국에서 생활했던 보아의 이야기가 어쩐지 모르게 나와 굉장히 닮은 기분이 들었고, 상당히 많은 부분에서 공감을 하다 보니 팬이 됐다.

한번은 수학여행 장기 자랑에서 보아의 〈아틀란티스 소녀〉를 들으면서 안무를 똑같이 췄다. 같은 학년 친구들이 음악 소리를 묻어 버릴 정도로 크게 환호했던 탓에 초반에 살짝 삐걱대기는 했지만, 이내 바로 청력에 집중해서 어떻게든 췄었다. 끝나고 나서는 모두가 잘했다며 격려를 보내 주었다. 그 덕에 나는 자신감이 생겨서 '겉만 보고 장애인은 아무것도 못한다고 생각하지 말아 달라!'는 메시지

데뷔 전 모델 활동

일본에서의 모델 활동

와 함께 나의 이야기를 포털 사이트 다음의 재미있는 글을 모아 놓는 게시판 '와글'에 올렸다. 그 글은 단기간에 조회 수 5만을 기록, 다음 베스트 조회 글에 랭크됐고, 200여 개의 댓글이 달리는 등 화제가 됐다. 그 덕분에 방송국에서 연락이 왔고 한 생활정보 프로그램에 '소년 보아'로 출연할 수 있었다.

중학생의 어린 나이에 처음으로 내 이야기가 텔레비전에 나온 것도 신기한데, 한 번의 출연이었는데도 운이 좋았던 건지 많은 관심과 응원을 받으니 뭔가 희망이 좀 보이는 것도 같았다. 아무튼 그렇게 사람들 앞에 나서서 나를 보여 주는 일이 시작되었다. 이후로도 나는 청소년 댄스 가요제 같은 곳에 꾸준한 출전을 통해 '연예인'에 대한 욕구를 해소했다.

일반 학교에 다니다 고등학교 1학년 8월 24일 (가출을 감행해서라도 농학교에 가고 싶다고 설득했기 때문에 전학 일자를 정확하게 기억한다.) 드디어 농학교로 전학했다. 이전에 다니던 학교와는 너무나도 다른 학업 분위기에 적응하기 어려워서 덜컥 걱정이 앞섰다. 친구들은 입시 준비에 바빴는데 정작 나는 나의 정체성에 관심이 더 많았다. 그래서 전학도 한 것인데 친구들은 이전에 다니던 학교 친구들과 크게 다르지 않은 목표를 가지고 생활하고 있었다. 오랜 고민 끝에 대학 진학이나 취업에 대해서 결정하기를 좀 유보하고 내가 하고 싶은 일과 할 수 있는 일을 생각해 보기로 했다.

나는 흔히 사회가 규정한 '신체 건장한 성인 남자'에 해당하지 않는 '장애인'이었으니, 그들의 군 복무 기간이 대충 2년이라 치고, 그에 해당하는 시간 동안 내가 무엇을 하고 싶은지 천천히 고민하자는 생각에 대학수학능력시험에 응시하지 않았다.

그러나 생각했던 계획과는 다르게 고등학교를 졸업하고서 한 2년 동안은 아무 일도 하지 않고 놀았던 것 같다. 계속 집에만 있으면서 밤과 낮이 바뀐 시간을 보내니 하루가 정말 짧았고 에너지는 떨어졌다. 제법 긴 기간 딱히 재밌지도 않았던 방송 채널까지 일일이 챙겨 보느라 밤새운 탓에 남들은 활발히 움직이는 낮 시간에는 계속 동굴 속에서 잠자는 일상이 반복됐다.

그때까지도 나는 정말로 무엇을 하면 좋을지 몰랐다. 답답한 시간이 반복되는 즈음 고등학생 때 일본 농인에게 일본에 농 배우가 있다는 말을 듣고 일본 농인 감독을 만났던 일이 떠올랐다. 그리고 일본어가 좋아서 중학생 때부터 독학해 온 일본어 실력을 믿고 일본 유학을 결심하기까지 했다. 혼자서 일본어 학원들을 찾아 상담까지 순조롭게 진행했지만, 우리 집은 나를 유학 보낼 수 있는 형편이 안 됐다.

"이 세상은 돈 없는 사람은 꿈도 꾸지 말라는 거냐."

나는 아빠가 담배를 입에 물고 쓸쓸해했던 모습을 생생하게 기억한다.

그러나 아빠의 한숨에 무너지거나 포기하고 싶지 않다. 나는 청각에 장애가 있는 이상 어쩔 수 없는 어눌한 발음을 개선하기 위해서는 연기학원에서 배워야 할 것 같았고 당장에 학원을 알아봤다. 그런데 웬걸, 수강료가 너무 비싼 거다. 그때까지 배우가 하고 싶다고 당당하게 말을 못했던 상황이었기 때문에 부모님께 손을 벌릴 수 없었다. 금전적인 부분을 스스로 해결해 보려고 아르바이트를 찾았다.

그런데 장애인은 아르바이트를 구하는 것도 어려웠다. 고용주들이 청각에 장애가 있다는 이유로 면접 볼 기회조차 주지 않았던 터라, 몇 군데 지원서를 내보고는 곧 그만뒀다.

연락 준다는 말에 기약 없는 기다림을 반복하며 정신은 점점 피폐해졌다.

그러나 계속 무의미한 시간을 보낼 수는 없는 법. 어떻게든 정신 차려서 복지관에서 알선해 준 일자리를 구해 자취와 동시에 혼자 연기 공부를 시작했다. 한국어 자막이 지원되는 한국 영화 DVD를 빌려 배우가 맡은 배역의 감정을 분석하면서 영화 속 인물이 되는 상상을 했다. 그러면서 거울 앞에서, 휴대폰 카메라 앞에서 내 표정과 동작을 객관화하여 관찰하며 어색한 표정과 산만한 동작을 교정해 갔다.

곧 내게 기회가 올 거라고 스스로 희망고문을 지속하며 의지를 다지는 일도 빼놓지 않았다. 그 과정에서 이름을 대면 알 만한 유명 소속사 두 곳에서 오디션 제안이 와서 일대일로 미팅을 했다. 그리

고 간간이 소통이 크게 문제되지 않을 잡지사 모델에도 지원했다. 운 좋게도 사진이 실리기도 했는데 그 운이 더 컸던 것인지 잡지에서 내 모습을 본 김조광수 감독이 직접 내 연락처를 알아내 문자를 보냈고, 그 일을 계기로 연기를 할 수 있게 됐다.

당시 김조광수 감독은 영화 〈사랑은 100℃〉를 준비 중이었다. 그는 내게 줄거리와 내가 맡았으면 하는 배역에 대해 상세히 설명해 줬다. 내가 잘 알아들을 수 있도록, 그렇지 않아도 이미 충분히 큰 목소리를 더 키우고 천천히 또박또박 설명해 주었다.

이제 와 솔직히 말하면, 그런 배려가 무색하게도 모든 대화가 전혀 기억이 나지 않는다. 정말 연기할 수 있을 거라는 설렘과 심지어 주연급 배역을 맡을 거라는 말도 안 되는 상황 자체가 믿기지 않았다. 괜히 용건만 간단히, 비즈니스적인 얘기만 하는 베테랑에 빙의된 것처럼 아무렇지 않은 척 표정을 감추느라 나름 심적으로 상당히 바빴다.

한편으로 설정만 청각장애가 있는 캐릭터인 '민수'가 아니라 실제로도 청각장애인이 연기할 수 있을 거라는 발상은 정말이지 전혀 생각도 못했기에 혼란스럽기도 했다. 그럴 수밖에 없었던 게, 사회 속 장애인에 대한 이미지와 인식을 나도 알게 모르게 받아들여서 '소심하고 소극적으로 행동해야 한다.'는 틀에 갇혀 살아왔던 것이다. 생각이 여기에 미치자 억울하다는 감정도 올라와 여러모로 심경이 복잡미묘했다.

감독님은 영화등급 심의를 고려하지 않고 아예 처음부터 대놓고 노골적으로 청소년 관람불가로 제작할 작품이기 때문에 신체 노출과 수위 높은 신을 감당할 수 있는 배우를 찾는다며 조심스럽게 출연을 제안했다. 하지만 감독님의 염려만큼 나는 겁이 난다거나 피하고 싶다거나 하지 않았다. 나에게는 그다지 대수롭지 않고 사소한 문제였다. 순전히 '연기' 그 자체가 하고 싶었기에 이때다 싶어 그 기회를 놓치지 않겠다는 마음으로 바로 응했다. 상당히 빨랐던 나의 대답에 오히려 정말 괜찮겠냐며 조금만 더 신중히 고민해 보라고 말해 주던 놀란 표정의 얼굴만은 아직도 기억이 생생하다.

데뷔작 영화 〈사랑은 100℃〉

...

아주 우연하게 영화배우로 데뷔하게 된 해가 2010년이다. 김조광수 감독의 단편영화 〈사랑은 100℃〉. 이전에 잠깐 모델로 활동한 적이 있는데 사진을 본 김조광수 감독이 직접 연락을 해 와서 영화에 출연하게 되었다, 그것도 주연으로. 구화가 주 의사소통 수단이지만, 수어도 어눌하게 구사할 줄 아는 청각장애인이자 동성애 소년 주인공이 목욕탕 세신사와 성적 관계를 하며 자신의 판타지를 실현하는데 그것이 사랑이 아니었음을 깨닫는 영화의 스토리는 그대로 유지되고 내가 맡은 주인공 '민수' 캐릭터가 조금 수정되는 선에서 시나리오도 조율되었다.

한국영화 대부분의 작품들이 그렇듯 〈사랑은 100℃〉도 당연히 주인공이 비장애인이라 수어는 할 줄 모르는 흔한 청인이었다. 그런데, 주인공을 나에 맞춰 청각장애인으로 하되 수어로 소통을 하게된다면, 시나리오에도 크게 변경되기 때문에 구화 위주로 소통하는 설정으로 담았다. 그래서 민수의 엄마 역할을 맡았던 배우가 구사하는 수어도 단어를 그대로 나열한 한국어대응식이었기에, 대사 역시 의도에 맞춰 (엄밀하게는 한국수어라고 할 수 없는 것으로) 바뀌었다.

그렇게 수정되고 보니 동생에게 존중받지 못하고, 학교에서도 성희롱당하는 장면이 더 사실적으로 와닿았다. 극의 사실감을 강화하는 동시에 청소년 민수가 남몰래 동성 친구를 좋아하고, 그 친구를 생각하면서 몰래 자위를 하고, 추행인지 애정인지도 모른 채 목욕탕 세신사와 관계를 갖는 일련의 일은 지속성을 장담할 수 없는 은밀하고도 위험한 행위가 되었다. 이런 영화의 내용이 관객들에게 잘 전달된 것인지 게이들 사이에서도 호불호가 상당히 갈리는 작품이 된 것 같다.

단순한 플롯의 영화 〈사랑은 100℃〉는 민수가 벌거벗은 채 세신사와 관계했던 증기사우나에서 자신의 몸을 끌어안은 채 웅크리고 있는 장면을 마지막에 배치하면서 미성숙한 존재로서 민수의 고통과 좌절을 끌어모으고 있다. 하지만 사람의 마음을 읽는 것, 사람을 아는 것, 자신의 감정을 아는 것, 그 어느 것 하나 성숙하지 못한 민수는 곧 갖가지 실패를 경험하면서 비로소 성인 남자로 성장할 수 있게 될 것이다.

짧은 단편영화였지만 처음으로 영화를 찍고, 긴장감도 컸기 때문에 주변 스태프나 배우들의 표정을 읽으면서 눈치 보느라 바빴지만, 앞으로는 영화에서 잘못 표현된 수어나 캐릭터 설정 등에 '농인 배우로서 내 역할이 있겠구나!' 생각도 하면서 스스로 만족했다. 정말 얼떨결에 발탁되고, 촬영을 했던 영화였는데 배우로서 나의 가능성을 스스로 찾을 수 있었던 것 같아서 나에 대한 기대감을 키울 수 있었다.

물론 다시 보면 어색한 표정과 경직된 자세 등을 한눈에 알아볼 수 있어서 아쉬웠다. 그래도 첫 영화는 그쯤은 눈감아 주기로 했다. 첫 영화가 퀴어 영화였기 때문에 좀 부담이 있었던 것도 사실이었지만 연기하면서는 내가 아니라 민수라고 생각했기 때문에 그런 감정에 방해받지는 않았다. 22분여의 단편영화였지만, 국내 최초로 장애인 캐릭터가 등장한 퀴어물 장르의 작품이라는 점에서, 또 내가 감독님의 커리어에 도움이 되는 역할을 한 것 같아서 뿌듯하기도 했다. 바라던 일을 현실로 만들었다는 것, 해 볼 만하겠구나, 할 수 있겠구나 정도의 자신감을 가질 수 있었다. 좀 어려웠던 것은 상대 배우와의 연기 호흡이었는데 동생 연기를 한 배우와 말다툼하는 장면이 두 번 정도 있었는데 '현실 형제'의 모습이 생생하게 살아나지 못한 것 같아서 좀 아쉬웠다. 재미있었던 일은 극중 민수 또한 나처럼 보청기를 착용하는 캐릭터여서 목청 큰 감독님이 외치는 "레디~ 액션!"의 타이밍을 맞추는 것은 큰 어려움이 없었다는 거다.

방수가 안 되는 흔한 기계가 다 그렇듯, 내 보청기도 예외 없이 물에 닿으면 고장나는 기기였다. 그래서 불가피하게 보청기를 빼야 하는 상황이 있었는데, 사방이 물기 천지였던 목욕탕 내부에서의 촬영은 조감독이 카메라 앵글에 잡히지 않는 구석에서 대기했다가 감독의 신호에 맞춰 "레디!"에서 팔을 올리고 "액션!"에서 팔을 내리는 식

<사랑은 100℃> 스틸컷

<사랑은 100℃> 관객과의 대화

으로 동작으로 알려 주면 그 타이밍에 맞춰 연기했었다. 흡사 카레이싱 경기장에서 흔드는 서킷 깃발을 연상케 했다. 촬영 구도는 그림체 위주의 만화책 수준으로 구비된 고퀄리티 콘티를 통해 단번에 이해할 수 있었다. 굳이 연기하면서 어려웠던 점을 꼽아 보라고 한다면, 기껏해야 '경수'라는 남동생 역할을 맡았던 동갑내기 (윤)세현의 머리를 때리는 장면이나, "컷!"을 외칠 때마다 다가와 젖은 머리를 일일이 말려 준 스태프의 정성에 괜스레 미안한 마음이 들어 불편했던 것 정도다. 그런데 그건 의사소통 불통과는 전혀 무관했다.

몸을 드러내야 했던 장면 촬영에서는 다른 출연자들도 나와 똑같이 벗어서 굉장히 자연스러운 분위기가 조성되었고, 노출이 주는 심적 부담감도 없었다. 부끄러움은 온전히 민수의 몫이지 내가 아니라고 생각했다. 신기하게도 '액션'이라는 외침을 들으면 나를 지켜보는 스태프고 촬영 장비고 모든 것이 목욕탕 특유의 수증기가 되어 내 시야로부터 멀리 퍼져 사라진다는 착각이 들기도 했다. 모든 현장을 통솔해야 했던 감독님에게는 분명 여러 애로사항이 있었겠지만, 사전에 서로가 우려했던 상당 부분은, 사소한 것 하나도 놓치지 않고 세심하게 챙겼던 예민 보스 베테랑 감독님의 능숙한 지휘 덕분에 별문제 없이 지나갔고, 촬영은 무사히 잘 끝났다. 목소리를 따야 했던 후반 녹음도 상당히 순조로웠다.

〈사랑은 100℃〉로 맺어진 소중한 인연도 두루 생겼다. 영화 〈줄탁동시〉 김경묵 감독의 소개로 나의 두 번째 출연작 〈미드나잇 썬〉에서 감사하게도 주인공 병우 역을 맡게 됐다.

나는 정말 좋은 배우가 되고 싶다

...

김경묵 감독님의 소개로 감사하게도 차기작인 〈미드나잇 썬〉을 촬영하게 됐다. 이번에도 이미 시나리오가 거의 완성된 시점이라 데뷔작 〈사랑은 100℃〉와 크게 다르지 않은 상황에서 촬영을 진행했다. 내가 맡은 캐릭터인 '병우' 또한 의사소통을 주로 '구화'로 하는 설정으로 잡혔다. 병우의 여동생인 '희수' 역할을 맡은 서예린 배우는 청인이었는데, 당시 희수 역에 어울리는 농인 배우를 찾지 못한 까닭이었다.

강지숙 감독을 포함한 스태프들은 주로 나와 비슷한 또래여서 편하게 촬영에 임할 수 있었다. 촬영을 시작하기 전에 서예린 배우와 대본 리딩으로 어느 정도 호흡을 맞춰 보았으며, 그 과정에서 감독이 담아내고자 하는 병우의 세세한 성격까지 어느 정도는 숙지했고 상황에 맞는 애드리브도 술술 나왔기에 별다른 고충은 거의 없었다. 대본 리딩 때는 리얼하게 해 볼 수 없었던 난투극이나 분에 못이겨 내가 내 얼굴을 때리는 신에서 내가 낸 NG로 다 같이 웃고 떠

들었던 일, 상처 분장을 받을 때 괜히 신나서 들떴던 일 등 하나하나 모두 소중한 추억이 되었다. 나는 그 추억들을 되새기면서 현장의 육체적 피로감과 긴장감을 이겨 낼 수 있었다.

촬영 중 내가 연기를 하고 있구나 생각하지 않은, 몰입을 경험한 적이 있다. 다른 패스트푸드 브랜드도 그런지 모르겠지만, 3개월이 되면 누구나 직급이 올라가는데 나는 왜 안 올려 주냐고 하는 장면과 점장에게 자신의 억울함을 호소하는 장면이었다. 실제 나의 경험담을 기반으로 한 내용이었기 때문이었다.

관객들에게는 영화의 마지막 장면이 제일 기억에 남았을 것이다. 지하철 안에서 병우와 동생 희수가 나란히 앉아서 대화를 나누는 장면인데, 극중 동생 희수가 오빠 병우에게 "사람들이 다 못 들었으면 좋겠어."라며 오빠의 눈을 슬프게 응시한다. 사춘기 소녀 희수가 서로 좋아하고 사귀고 있다고 생각한 상대방의 진심을 알게 되었기 때문이다. (실제 그는 매우 친절했고 다정했다.) 친구들은 희수와 남자친구의 입맞춤 장면을 사진 찍고 공개하겠다고 놀려 댔다. 그 순간 그는 친구들에게 욕을 하고 매우 화를 내면서 자리를 박차고 나갔다. 서로 좋아하고 있다고 굳게 믿은 상대의 진심을 알고 나서 희수는 절망했고 듣지 못한다는 절망적 현실에 좌절한다. 그때 주인공 '병우'는 동생을 잠깐 바라보다가 자신의 귀에서 보청기를 뽑아낸다. 그리고 "이렇게 하면 더 잠 잘 온다."며 눈을 감는다. 희수도 오빠의 손을 포개 잡고 눈을 감고 잠을 청한다.

<미드나잇 썬> 스틸컷

나와 다른 다수의 사람들로부터 받은 '따뜻한' 차별(진실이 드러나기 전까지 희수는 이를 사랑이라고 믿었다.)과 폭력은 그 위선적 온도 때문에 더 깊고 아프다. 희수는 사랑이라 믿었고, 남자친구는 동정이라 말했을 그들의 연애는 그렇게 끝나 버리고, 병우는 그런 인식과 세상에 익숙한 듯 동생에게 '고요의 위로'를 알려 준다. 아무 것도 들리지 않는 고요의 세상 속에서 그들은 평안하고 자유로우며 비로소 쉴 수 있었다.

그러나 소리가 가득한 세상 속에 살면서 타인을 경계하고, 나를 지키기 위해서 나를 해치는 극단의 방식까지 동원해야 생존할 수 있는 병우의 삶과 그의 일상은 같은 노선을 돌고 도는 지하철만큼 반복될 것이다. 낮과 밤의 경계가 사라진 백야의 기간, 병우는 그 한가운데를 뚜벅뚜벅 걸어가고 있는 것이다.

촬영하는 내내 감독님의 연출과 시나리오의 매력에 빠졌다. 장면 곳곳에서 드러나는 영화적 장치와 그 함의를 좇는 일은 연기를 하는데 큰 도움이었고, 공부도 많이 됐다. 내가 맡은 병우라는 인물에게도 깊은 애정을 느꼈는데, 우리나라에서 수어를 공용어로 인정하기 전이었으니 수어(手語)를 수화(手話)라고 말하는 부분과 그래서 더 이상 영화 속 농 남매가 나중에는 같은 차별을 겪지 않게 될 것이라는 상상을 해서 그랬던 것 같다. 다음 차기작에는 사람들이 어느 정도 인식개선이 되어 있는 시대적 배경 속 또 다른 '병우'를 만날 수 있을 것 같았다.

프랜차이즈 햄버거 가게에서 2년째 같은 직급으로 아르바이트를 하는 병우의 하루는 밤과 낮이 없다. 하루의 대부분이 일하는 시간 인데 그릴에서 햄버거 패티를 굽고, 널브러진 쓰레기를 정리하는가 하면 각층마다 홀에 엎질러진 음료수를 닦아 내는 일도 병우의 몫 이다. 쓰레기를 정리하고 하루 일을 마감하노라면 대부분의 사람들 이 출근을 끝낸 시간이다. 영화의 제목처럼 병우는 하루 종일 어둠 이 없는 백야의 시간을 살아 내고 있는 셈이다. 그는 잠들 수 없고, 쉴 수 없다. 일자리를 지켜야 하고, 번번이 억울한 누명을 쓰게 될 때마다 자해를 하면서까지 진실을 밝히고 자신을 얕보고 무시하 는 이들을 물리쳐야 한다. 도대체 그가 쉴 수 있는 시간은 없다. 오 직 집으로 돌아가는 길, 곧 다시 일터로 돌아와야 하는 잠깐의 길 에 그나마 소리를 잡아 주던 보청기를 벗어던지고 고요 속에 머물 때 뿐이다. 밤과 낮의 구분이 무의미해진 때에 동반된 진실과 거짓 의 모호한 경계, 사랑과 욕망의 경계가 혼용된 이러저러한 일은 밤 과 낮의 구분과 경계가 무화된 백야에 묻혀 그 피로감과 혼돈을 자 극한다.

병우는 점장에게 처우 개선을 요구하지만 이는 병우의 울분과 분 노가 개수대를 넘어 물이 흘러넘치기까지 이르나 그 순간 수도꼭지 를 잠가 버리는 점장의 행위를 통해서 묵살될 것임을 암시하는 동 시에 더 이상의 요구를 용납하지 않겠다는 점장의 의사 표현이기 도 하다. 병우는 그가 입은 가품 티셔츠(병우가 입은 티셔츠에는 'HEAD' 브랜드를 흉내 낸 가품 'HAED'가 새겨져 있다)처럼 타인에 게는 그저 가치 없고, 우스운 존재일 뿐이다. '사고력, 판단력'이 없

국립영화관
미드나잇 썬

KBS1

저 말 했다니까요.

<미드나잇 썬> 스틸컷

고, 스스로 '방향을 목적하고' 갈 수 없는, 어떤 존재나 가치를 '이끌고 책임질' 수 없는, 영어 HEAD의 의미 중 어느 것 하나 획득하지 못한 존재일 뿐인 것이다.

영화 곳곳에 작가의 메시지를 숨겨 놓고 이를 해석하는 일련의 과정을 허락한 연출 등을 생각하며 나는 정말 좋은 배우가 되고 싶다는 생각을 놓지 않았던 것 같다. 그리고 더 공부하고 고민해서 단편영화를 거쳐 장편영화에도 출연해서 나의 역량을 끌어올리고 싶다는 마음이 불끈불끈 솟았다. 촬영 기간 내내 나는 흥분과 배움으로 매일매일이 즐겁고 감사했다.

그럼에도 배우의 길은 순탄하지 않았다. 출연할 수 있는 작품이 한정되어 있고, 어떤 감독은 내게 '일회용 배우'라고 말하기도 했다. 그러나 꿈을 잃지는 않았다. '국내 최초 청각장애인 영화배우 1호'라는 타이틀을 갖고 있는 이상, 내가 포기한다는 것은 다른 배우 지망생인 농인들의 꿈도 같이 포기시키는 것과 같은 기분이 들었기 때문에 그건 나 자신이 용납할 수가 없었다.

특히 몇 년 전 세계 유일무이한 미국의 농인을 위한 종합대학교인 갈로뎃(Gallaudet University)에 방문해 다양한 국적의 농학생들을 만난 것은 내 인생에서 가장 큰 자극이 됐다. 보안관과 교내 식당 직원들도 어느 정도 수어가 가능한 것과 서로 친구라고 하는 청인끼리 몇 달을 농인인 줄로만 알았다고 할 정도로 철저하게 수어로만 소통하는 모습을 목격하고 적잖이 감동했다.

나는 그 학교 잔디밭에서 존재감을 은은한 빛으로 알리던 반딧불과 같이 자유롭게 날아갈 수 있을 것 같은 뭉클한 감정을 느꼈다.

"한국에는 농인 배우가 많이 없으니 네 역할이 크다."

그곳에서 만난 교수와 학생들로부터 이 말을 듣고 꼭 성공해야겠다는 생각도 했다.

내 마음만큼 될지 알 수 없었지만 나를 믿고 묵묵히 배우의 길을 걸어 보기로 했다.
그래서 미국 에이전시 3곳에서 러브콜과 미팅 제안이 있었음에도 한국에 남기를 선택했다.

배우가 되어 만난 세상, 그럼에도 불구하고

...

　두 번의 영화 속 인물이 모두 청각장애인이었기 때문에 연기는 어렵지 않았다. 장애인(장애등급제 폐지 전에는 2급이었다. 청각장애인 2급은 두 귀의 청력 손실이 각각 90dB 이상인 경우에 해당한다. 현 제도에서 장애 정도가 심한 중증장애인이다)이 장애인을 연기하는 것이기 때문에 일상생활 중에 수없이 겪는 차별과 편견을 연기하는 것쯤 전혀 어렵지 않다. 실제 그런 경험이 적지 않아서 그럴 것이다. 특히 상대 배우와 그런 감정의 교환을 연기하는 것이라면 더 그랬다.

　그런데 사람들에게 드러나는 일을 하다 보니 (사실 영화배우로서 알려지기보다 '1호 청각장애인 배우'라는 타이틀로 매체에서 '반짝' 관심을 집중했기 때문이다.) 장애를 비하하는 악플도 적지 않았다. 전혀 아무렇지 않았지만, 같은 농인에게서 마음을 다치는 일이 생기면서는 좀 속상했다. 그래도 의연하게 넘기려고 했다. 일일이 상대해가며 감정을 소비할 시간에 스스로를 챙기는 편이 나를 위해서도 더 도움이 될 거라고 믿었기 때문이다. 내 의지와는 다르게 농인을 대표하는 인물 중 한 명으로서 농 문화와 수어를 알리고 농 사회를 위한 활동을 해 왔는데, 나 또한 농 사회 구성원 중 일부이니 어느 그 누가 나를 다치게 하는 일은 없도록 나 스스로를 지켜야 했다. 나는 나대로 강해지기로 했다.

촬영을 하면서 만난 비장애인들은 나를 배려해 주려고 노력했다. 그 모습이 너무 고맙고, 또 조금은 미안했다. 스태프들이 원활한 의사소통을 위해서 내게 보청기를 끼도록 하거나 입모양을 읽으라고 했을 때 당시에는 당연히 그래야겠다고 생각하고 맞췄었다. 그런데 수어통역사를 데려올 것을 당당하게 요구할 권리가 있다는 것을 뒤늦게 미국에서 알았을 때 살짝 아쉬웠다. 영화 〈사랑은 100℃〉에서 극 중 엄마가 나를 부르는데 듣지 못하는 연기를 하는 장면이 있는데, 난 그 소리를 듣지 못해야 함에도 보청기 때문에 너무 잘 들려서 못 듣는 척 연기하기가 힘들었다. 차라리 대사 암기가 덜 됐다거나 하면 모를까 자꾸만 나도 모르게 뒤돌아보느라 NG가 많이 났던 점이 마음에 걸렸다. 지금 착용하고 있는 보조 기기는 나를 위한 보청기였지만, 스태프들과의 소통을 위해서는 타인을 위해서도 보청기를 하고 있어야 했다.

시간이 지나 간과하고 있던 사실을 알아차렸다. 보청기는 내가 원해서, 나를 위해서 착용해야 하는 것이 아니라 비장애인이나 청인을 위해서 착용해 줘야 하는 일종의 '코르셋' 같은 것이었다. 옛날에는 장애의 정의를 불완전한 신체나 정신을 의미했고, 그들이 사회의 구

<사랑은 100℃> 스틸컷

<미드나잇 썬> 스틸컷

성원이 되기 위해서 장애 당사자가 맞추는 훈련을 했어야 했다면, 지금은 다양한 형태의 배리어프리가 생겨난 만큼 장애에 대한 정의가 바뀌었다. 예시로 청각장애가 있는 내가 보청기를 착용하거나 인공와우 시술을 받아 언어치료(수어도 언어임에도 음성만을 말, 언어로 취급한다는 뉘앙스로 느껴져 좋아하지도 않는다)를 위해 많은 시간을 투자해야 했다면, 지금은 사회가 나를 위해 수어 통역이나 자막을 제공해 주는 식으로 생각하면 된다.

영화 얘기로 다시 돌아와 이어서 말하자면, 만약 NG가 나면 다시 연기를 해야 하는데 그때 감독님의 "액션" 목소리를 듣지 못한다면 촬영은 나 때문에 문제가 생기는 것이니, 나는 나대로 동료 배우와 스태프의 상황을 이해했어야 했다. 지금 생각해 보면 내가 오히려 연기에 방해가 되니 보청기를 빼고 하겠다고 말하고 감독님의 OK 사인이나 NG 사인을 전달하는 방식을 눈에 보이게 약속했다면 (상대 배우가 눈짓으로 전달해 주거나 생각해 보면 어렵지 않게 합의할 수 있었을 것 같다.) 어땠을까 생각해 본다. 간혹 청인들이 농인들에게 도움을 주려는 의도가 사실 도움이 되지 않을 때가 있는데, '있는 그대로' 서로를 받아들여 줄 수 있다면 그것이 서로가 훨씬 더 마음 편한 일일 것 같다.

장애인 배우라는 '특별함'이 주목받으며 인터뷰와 뉴스 등 매체와 잦은 인터뷰가 진행되면서 이후 또 다른 매체에서도 인터뷰 요청이 이어졌다. 그때마다 나는 '청각장애인 배우'같이 꼭 '장애'를 강조하는 타이틀로 기사를 내보내야겠으면 차라리 '농인 배우'라고 써 달라 요청했다. 그리하면 얼마든지 흔쾌히 인터뷰에 응하겠다고. 그런데 기자들도 직장 생활을 하는 회사원이기에 윗선에서 '장애'에 초점을 맞추고 싶어 해서 차마 강력하게 주장하지 못했다며, 나의 요구 사항은 번번이 반영되지 못했다. 배우가 되어서 만난 또 다른 편견과 차별의 현실이었다. 들리지 않는다는 것을 어마어마한 '문제'로 인식하고 이를 회복 불가능한 깊고 진한 '슬픔'으로 치환하여 과도하고 편협한 동정심을 뿌리내리는 매체의 행태는 참 속상하다.

이뿐만이 아니었다. 청각장애가 있는 캐릭터를 위해 인터뷰나 미팅을 요청해 온 관계자들에게 '농인 배우'라고 써야 하는 이유를 미국을 비롯한 해외 유명 농인 배우 명단이나 관련 기사들을 뽑아 보여 줘 가면서 설득하기를, 정말 지겹게도 10년도 넘게 해 왔다.

그러나 만난 사람들은 윗선의 의도가 '장애 극복'의 감동이라느니, 다른 장애인들에게 내가 희망이 되면 좋겠다느니, 장애인임에도 꿈에 도전하고, 꿈을 위해 노력하는 모습이 '일반인'에게도 (아마도 그들은 일반인을 장애가 없는 비장애인을 뜻하는 것인 듯한데 이는 장애인을 일반인, 일반적이라는 대부분의 무리에서 제외하는 의도인 듯하다. 위계적이고 차별적인 의식을 그대로 보여 주는 것이기도 하다.) 깨우침을 준다느니 하면서 나를 설득하려고 한다. 그나마 좀 나은 태도는 내 이야기를 이해하고 곧 수긍하며 수용하면서도 기사가 나온 것을 보면 그대로인 정도다.

그 와중에 연예인도 하나의 상품이라고 친다면, 장애가 있다는 것은 하자 있는 상품과 다를 바 없다는 막말도 들었다. 구화로만 하든지 아니면 수어와 동시에 구화도 해 달라는 요구를 해 대는 방송 관계자들 사이에서, 농인은 나 혼자였던 그곳에서, 농인으로서의 정체성을 지킨다는 소신을 고집했다가 행여나 일이 끊길까 봐 홀로 외롭게 전전긍긍했던 기억도 적지 않다. 지금도 현재진행형이다.

그 과정에서 단역으로 활동했거나 농연극 극단에서 지금껏 꾸준히 활동하고 있는 농인 배우들의 존재를 지워 버린 거냐는 항의가 농 사회로부터 들어왔다. 한편에서는 계속 주연을 맡아 청인들과 함께 꾸준히 일해 온 독보적인 배우는 '김리후'가 맞지 않냐는 지지를 보내 주기도 했다. 나는 그런 식으로 계속 이리저리 치였다. 계속 참고 참다가 "제발 나에게 제안하거나 항의 좀 하지 말고, 나도 나 혼자서는 힘이 안 되니까 힘 좀 보태서 다 같이 관계자들에게 말할 수 있게 해 달라."라고 촬영 장소를 대여한 어떤 한 기관에서 일하는 농인들에게 하소연하기도 했었다.

배우가 되어서 세상을 만나니 여기저기에서 나를 향한 목소리들이 더 많이, 더 자주 들렸다. 농인과 방송예술 업계에 종사하는 청인에게서 내게 기대하는 것도 많았고 요구하는 것도 적지 않았다. 그들도 그들대로 필요와 기대가 있었을 것이다. 내가 뭐라고 그것을 불평하겠는가? 인터뷰와 미팅, 취재 등에 동의하면서 매번 내 역할이고, 내 몫이라고 스스로를 안정시키려고 노력하지만 온몸으로 견뎌야 할 것은 매번 하나씩, 둘씩 늘어났다. 어쭙잖은 생색내기라고 오해도 받고, 어떤 촬영 현장에서는 함께 일하는 스태프에게 김리후라는 배우는 매우 예민한 사람, 까다로운 사람, 함께 일하기 힘든 사람으로 평가받기도 해서 나름 억울한 것도 많다.

그럼에도 불구하고 나는 이 모든 억측과 불만, 오해 등을 끌어안아야 한다. 굳이 번번이 해명한다면 그 또한 오해를 불러오는 일이 되기 때문이다. 배우가 되고 싶었던 처음의 마음을 생각해 보곤 한다. 정말 순수하게, 당차게 있는 그대로의 모습을 드러내 보이고, 눈으로만 보는 세상의 이야기를 들려주고 싶었다. 거기에는 물론 들리는 세상과 나의 세상이 어떻게 다른지, 그래서 들리는 사람들의 세상이 어떤 오해를 하고 있는지, 그런 오해를 마주하는 우리는 또 어떤 오해와 아쉬움이 있는지 조곤조곤 이야기하고 두 세상의 공존과 평안을 찾아보는 일에 보탬이 되겠다는 바람을 키웠다.

그러나 지금은 그게 나의 야무진 꿈이었구나 생각될 때가 있다. 차라리 농 정체성을 알기 전으로 돌아가고 싶을 때가 있었다. 사람들에게 나는 괜히 세상에 화나 있는 것처럼 보이기도 하고, 마냥 투덜거림으로 이해되기도 한다. 또 어떤 사람들은 나의 생각과 의견을 열등의식으로 치부하거나 나를 '유별난' 사람으로 취급하기도 한다. 같은 농 문화 속에 살면서도 나의 정체성을 물으며 다른 세상을 기웃거리는 들짐승도 아니고 날짐승도 아닌 '박쥐' 같은 애매한 동물쯤으로 생각하고 있는 분도 있는 듯하다.

그럼에도 불구하고 나는 농 문화를 알리는 일을 관둘 수가 없었다. 나는 나와 같은 농인들이 본인 정체성을 알지도 못한 채, 청인과 최대한 닮은 모습이 되기 위해 귀한 시간들을 쓰게 내버려 둘 수

는 없었다. 완벽하고 철저하게 오디즘에 길들여진 농인들을 구하고 싶었다. 그래서 미디어에 노출되어 있는 내가 감당해야 맞다고 생각을 했다.

 그러나 지금 이 자서전 원고를 작성하고 있는 이 순간, 나는 이런저런 평가에 휘둘리지 않기로 했다. 내가 처음 배우가 되고 싶었던 초심을 잃지 않고 연기에 대한 열정을 지켜 갈 것이다. 상대의 눈을 바라보고 그 사람의 생각을 읽어 내려고 애쓰며 그 생각과 감정에 공감하고 농인인 나의 생각과 감정을 전달하고 상대 또한 공감하는 일련의 작업을 열심히 할 거다. 그리고 이 모두를 특정한 공간과 배경을 통해 자연스럽게, 또 특별하게, 아름답게 전달하는 매력적인 일을 계속할 수 있으리라 믿고 나를 응원할 거다. 내가 꾸준히 내 나름대로 일을 하고, 생각을 펼쳐가는 일에 집중하다 보면 각종 억측과 오해, 평가와 비난 등은 어찌 되든 나와 상관없는 일이 될 거다. 건강하지 않은 생각들이 생산하는 평가와 비난에 붙들리지 않을 것이다. 그렇기에 나는 마음 독하게 먹고 보란 듯이 잘 살아야 한다.

뉴스 진행과 농아청년회 국제이사 활동

...

　2010년 영화 〈사랑은 100℃〉 출연 이후 한국농아인협회 중앙회의
지원사업 중 하나인 한국농아방송에서 수어 뉴스 리포터 및 앵커를
제안했고, 그것을 계기로 자연스럽게 수어와 농인의 존재를 알리거
나 장애 인식개선에 관한 여러 일을 중점적으로 하고 있다.

　한국농아방송 수어 뉴스는 수어를 모어나 주언어로 쓰고 있는
농인들을 대상으로 국내외 주요 뉴스를 전달한다. 대본에 따라 금
방 끝날 때도 있고 오래 걸릴 때도 있는데 외국어와 외래어도 많고
풀어 해석해야 하는 어려운 한자 단어도 있어서 이를 쉽게 이해할
수 있도록 어떻게 수어로 표현해서 전달해야 하는지 고민하고, 검토
한다. 그래서 우리나라에서 '수어모델'이 외국에서는 '수어통·번역가'
라고 불린다는데 후자가 적합한 것 같다 느낀다. 관용어나 사자성
어 같은 어려운 말도 농인들이 쉽게 이해할 수 있도록 수어로 번역
하고 나서 충분히 연습하고 암기한 후 촬영한다.

　가장 기억에 남는 기념비적인 일은 2016년에 한국수화언어(대한민

국 농 문화 속에서 시각 및 동작 체계를 바탕으로 생겨난, 고유한 형식의 언어. 대한민국 농인의 공용어)가 공식 언어로 인정받은 일이다. 이제 대한민국에는 한국어와 한국수어가 공식 언어가 된 것이다. 수어를 공식 언어로 인정받기 위해서 협회를 비롯한 농청년회, 수어통역사, 수어를 공부하는 관련 학과 학생 등 남녀노소를 불문하고 한마음 한뜻으로 전국적인 캠페인을 벌였다.

나 또한 트위터와 같은 SNS를 통해 적극적으로 홍보에 참여했다. 그 과정에서 '데프(Deaf)'를 '청각장애인'이나 '농인'이 아니라 '벙어리' 혹은 '귀머거리'라고 가르치는 영어 교사의 잘못을 지적하고 '농인'이라고 바로잡았다거나, 번역기에서도 그렇게 번역이 되어 있어 다 같이 항의했다는 등 팬들의 고마운 소식을 전해 들었고, 함께 가두행진에 참여해 준 팬들 덕분에 뿌듯함을 느꼈다.

국립장애인도서관 한국수어영상도서에서도 수어로 구연을 했다. 농아동, 농청소년들을 위해 책 내용을 수어로 번안해 촬영하는 일이다. 보는 대상들의 연령대가 어리다 보니 표정 연기에 더 신경 쓰고 있다. 카메라를 쳐다보지 말아야 하는 연기와는 다르게 영상 도서는 계속 카메라를 쳐다봐야 하니 초반에는 굉장히 어색했고, 낯설었다. 농아동과 농청소년들에게 필요한 학습 자료가 너무나 많다는 것을 알고 있기 때문에 책임감을 갖고 열심히 임했다. 아직 농학교도 많이 부족해서 수어 교육을 제대로 받지 못하는 친구들도 많다. 중고등학교에서도 농역사나 농 문화에 대해서 교육을 하고 있

지 않아서 우리가 농인으로서 정체성을 형성하는데 아쉬움이 많다. 만 원권 지폐 속의 세종대왕 초상화는 농인 화가 운보 김기창의 작품이라는 것을 모르는 학생들이 많다.

'농 정체성'이 정확하게 무엇인지 제대로 알기도 전에 농학교를 졸업하고 나서, 영화배우로의 데뷔를 계기로 수화통역학과(그때 당시에는 수어가 언어로 인정받기 전이었다)에 입학에 농 문화와 역사, 통역 기술 등을 공부했다. 수어를 체계적으로 공부하면서 농 문화에 대한 관심도 깊어지고, 무엇보다 후배들에게 농인으로서의 정체성 구성이 도움이 되고 싶어서 관련한 일들을 궁리하기 시작했다. 그래서 조금이라도 얼굴이 알려진 내가 후배들을 위해서 할 역할이 있을 것 같아서 꾸준히 세계의 다양한 농 이슈들을 수집하고 있다. 그래서 서울수어전문교육원에 다녀 좀 더 심화할 수 있었다.

그 첫 번째 실천은 나와 비슷한 나이대의 청년들과 함께할 수 있는 일을 찾는 것이었다. 나는 한국농아청년회 5대 국제이사로 국내와 해외의 소통 창구 역할을 하며, 농인 청년들의 권리를 찾고 목소리를 전하는 일을 맡았다. 한국농아청년회는 한국농아인협회 산하단체다. 대한민국 국적을 가진 만 18~35세의 농청년들이 모여 권리보장 및 권익향상을 위해 활동하고 있다. 그때 나는 세계농인연맹(WFD World Rederation of the Deaf), 세계농인연맹 청년회(WFDYS World Rederation of the Deaf Youth Camp) 관련 국제 교류 통번역을 담당했다. 한국어와 한국수어를 비롯해 영어, 일본어, 국제수화 등 7개 언어를 구사할 수 있어서 내 몫을 할 수 있었다.

이탈리아 데플림픽

이탈리아 데플림픽

2019년에는 4년마다 열리는 '세계농인대회(World Congress of the Deaf)'의 다음 개최국이 대한민국으로 결정되었다. 프랑스 파리에서 4개국(대한민국·그리스·뉴질랜드·르완다)이 다음 개최지를 희망하며 경쟁했고, 우리나라가 개최지(제주도가 86표 중 44표를 얻었다)로 확정된 것이다. 이 자서전이 출간될 때쯤이면 한국농아인협회 중앙회와 각자 임무를 맡은 농 선후배들이 무사히 대회를 잘 마쳤을 것이다. 또, 농인 올림픽인 '2019 발텔리나-발치아벤나 동계 데플림픽(Deaflympics)'의 한국 대표팀과 함께 이탈리아로 가서 '47회 농인 스포츠국제위원회(ICSD·International Committee of Sports for the Deaf) 총회'에 한국농아인스포츠연맹 회장단을 위해 국제수화와 영어를 한국수어, 한국어로 통역했다. (다음 데플림픽 개최국으로 브라질에 투표했었는데 들려오는 선수들의 경험담과 후기가 좋지 않았는데 괜히 미안하다는 말을 여기다 해야겠다.)

　이렇게 코로나19 팬데믹 이전에는 다양하게 바쁘게 활동하며 제법 성과도 든든했던 날들을 보냈다. 영화 촬영 등 배우로서의 일이 한가해서 아쉬웠지만 국제수화 통역 등의 다양한 활동과 많은 일들이 나의 필요를 확인할 수 있게 해 줬다.

유튜브 크리에이터-리후TV

...

2019년 2월부터 본격적으로 유튜브 채널 1인 방송을 시작했다. 농 문화, 역사, 수어에 대한 영상을 주로 찍는다. 근래는 다른 일들로 본의 아니게 잠정적으로 뜸했지만, 중요한 이슈가 있을 때마다 촬영하고 편집해서 업로드하고 있다. 20여 개 남짓 동영상 대부분의 내용이 농인과 농 문화에 대한 몰이해를 바로잡고 농 문화에 대해서 알려 주기 위한 것인데, 반응이 제법 좋았다. 1주 만에 구독자가 순식간에 500명을 돌파하더니 한 달 만에 2천 명이 넘어갔던 것으로 기억한다. 본격적으로 시작하기 전에 2017년 크리스마스 시즌에 〈루돌프 사슴코〉란 캐럴을 한국어, 영어, 일본어 가사에 맞게 수어로 표현한 영상이 조회수 1만 회가 넘을 만큼 인기였다. 가수 보아가 한국어와 영어, 일본어로 부른 〈루돌프 사슴코〉는 흥겨운 리듬에 다소 빠른 박자가 흥겨움을 더해서 수어로 가사를 전달하는 내내 신나게 춤추며 재미있었다. 간혹 수어를 대응식으로 번역하는 등 실수도 잦았지만, 이렇게 주목을 받을 줄 몰라서 재촬영을 하지 않앉고, 덩실덩실 춤추며 신나는 모습에 중점을 뒀다.

많은 사람들이 수어를 전 세계에서 공통으로 쓰는 하나의 언어로 알거나 한국어를 손가락과 표정 등으로 옮겨서 만들어 낸 것인 줄 알고 있지만 사실은 한국어와 한국수어는 문법 체계도 다르고 게다가 국가별로 각각의 언어가 있는 것처럼 수어 또한 그렇다는 것을 알지 못한다. 사실 청인들이 수어를 모르고 있는 것은 어쩌면 당연하다. 가족 중 농인이 있어서 수어가 필요하다거나 특별한 직업적 필요, 또는 개인의 선택일 수 있어서 대다수 사람들은 잘 모를 수 있다.

그런데 미국 출신 친구나 지인이 학교에서 제2의 외국어를 공부할 때 '수어'를 선택해서 공부했다는 얘기를 들을 때면 어쩐지 부럽기도 하다. 일본에서 일본 친구 손에 이끌려 한인타운에서 제대로 된 김치가 뭔지 같이 맛보면서 감별해 줄 때도 재일교포 어르신들이 간단한 일본수어를 아는 것도 보면 우리나라도 완벽하게 구사까지는 아니어도 어느 정도 관심이 있었으면 좋겠다 싶다. 그래서 나는 〈루돌프 사슴코〉를 통해 재미있고 친절하게 수어에 대해서 알려 주고 싶은 거다.

한국어와 한국수어는 비슷하면서도 문법 나열 방식이 서로 다른 또 하나의 언어이고 같은 단어라고 하더라도 그 안에 내재되어 있는 뉘앙스조차 다른 의미인 경우도 많다. 적절한 예시는 아닐 수 있겠으나 한국수어는 영어와 한국어와는 달리 알파벳과 한글이 아니라 중국어처럼 몇 달 동안은 성조를 반복해서 연습해야 하는 것처럼 비

가엾은 저 루돌프
THE PITIFUL RUDOLPH / かわいそうなルドルフは

한국수어

YOU WOULD EVEN SAY IT GLOWS
きっと光ってると思うかもね / 반짝인다 했겠지

미국수어

真っ赤なお鼻の
새빨간 코의 / MR. REINDEER

일본수어

수지기호를 먼저 터득해야 하고, 영어처럼 어순을 바꿔 표현해야 할 때가 있고, 주어를 꼭 말해야 할 때가 있으며, 같은 어휘라고 해도 쓰임의 뉘앙스가 달라 농인과 청인이 서로 오해하는 일이 종종 발생하기도 한다. 한국어와 일본어는 문법이 같다는 이유로 일본어 공부를 시작한 사람들이 초반에 적잖이 당혹감을 감추지 못하는 것도 비슷한 맥락이라고 볼 수 있겠다.

그래서 한국수어가 한국어만큼 편한 언어로 받아들이기 전에는 '구화인'에 가까웠던 나는 수어 통역을 했던 초창기에 한국어를 한국수어로 표현하는 수어 구연 모델 활동이 너무나 힘들고 버거웠다. 청인도 초등학교 저학년 때부터 말하기, 듣기 등의 국어 교과를 공부하고 대학수학능력시험에서도 국어는 필수 과목이라는 것을 생각하면, 당연히 농학교 출신이라고 해서 모든 농인이 한국수어를 제대로 잘 구사한다는 보장도 없거니와, 학창 시절의 대부분을 일반 학교에 다녔던 내가 감당하기에는 너무 전문적인 수준을 요구하는 일들이었다. '수어' 그 자체가 바로 농인의 '정체성'이며 '자부심'의 상징이라고 여기는 농 사회에서, 어딜 가도 제일 어린 내가 누구에게 다가가 부끄럼 없이 당당히 도움을 요청할 수 있을까, 이렇게 떳떳하게 수당을 받을 자격이나 될까 하는 괴로운 심정이 계속됐다. 수어는 단순히 또 다른 하나의 언어에 그치는 정도가 아니라, 농인들은 수어에 의해 모든 삶을 영위하니 농인들의 권리는 수어에서 나온다. 즉, 수어는 정보 접근을 위한 농인들의 이동권이고, 생존을 위한 도구이며, 마땅히 인정받고 대우받아야 할 농인들의 전부

이며 그 수단이다. 그것을 아주 잘 알고 있기에 굉장히 부끄럽고 미안한 마음에서 자유롭고 싶어 열심히 공부했다.

나는 누구보다 정확하고 쉽게 의미를 전달하려고 수어 문법을 다시 한 번 숙지하면서 공부하고, 핸드폰으로 흐름이 끊기지 않고 한 번에 모든 대본이 끝날 때까지 반복해서 비디오 촬영을 했고, 그 촬영본을 보면서 손가락 움직임과 표정 등을 모니터링했다. 그러다 보니 수어와 농 문화를 알려 주는 교재를 쉽게 접하기 어려운 것 같다는 생각이 들어 그것들을 잘 알아야 농 정체성을 알고 싶어 하는 농인부터 코다도, 청인도 수어도 배울 수 있을 것 같아서 농 문화 역사에 대한 공부도 했다. 알아가는 재미도 컸고, 무엇보다 내가 자라면서 궁금하고 고민했던 농인으로서의 정체성에 대해서 다시 생각해 보는 기회도 되어 좋았다.

'리후TV'를 개설하고 유튜브를 시작하게 된 것은 그동안 고민했던 농인으로서의 정체성과 직관적으로, 또는 막연하게 알고 있던 농 문화에 대해서 알리고 싶었던 까닭에서였다. 사람마다 다르겠지만, 언어는 단어와 문법을 암기한다고 해서 쉽게 외워지지 않을 수 있으니 어원의 유래를 통해 문화와 역사를 알아야 더 즐겁게 계속해서 관심을 가져 주지 않을까 하는 바람도 있었다. 그리고 아직 농아동과 농청소년에게 수어를 제대로 공부하게 하고, 또 농인으로서 농 문화에 대해서 이해하여 건강하게 정체성을 구성해 갈 수 있도록 돕고 싶었다. 농인 스스로 자신에 대한 잘못된 정보와 편견에 휘둘리며 자존감을 잃지 않으려면 자신의 언어와 문화에 대한 이해가 든든한 힘이 된다고 믿는다. 농학교에서도 알려 주지 않는 농 문화와 역사들을 알려 주어 그들이 병리학적 존재인 청각장애가 있는 사람이 아니라 '농인'이라는 자랑스러운 문화가 있는 사람임을 알려 주고 싶었다.

고등학교 1학년 1학기까지 일반 학교에 다녔던 나는 학교 선생님께서 무심코 하셨던 말씀에 상처받았던 적이 많았다. 물론 선생님이 내게 상처를 주자고 작심하고 하셨던 말씀은 아니었을 거다. 그래서 상처받은 내가 예민한가 싶어 스스로를 다그쳤었다. 아무렇지 않게 듣지 못하는 내 상황을 공개적으로 말하는 것이 오히려 장애를 차별하지 않는 것이라 생각하셨을 수도 있다. 그런데 그것 또한 적절한 방법은 아니다.

"리후야, 애들한테 보청기 빌려 줘. 말귀 못 알아듣네."

"이번 시험에서 리후보다 성적 나쁜 애들은 혼난다. 귀 안 들리는 리후도 열심히 하는데 너넨 뭐하니?"

선생님의 차별적 사고에 기반한 발화에 나는 좌절했다. 철저하게 나와 반 친구들을 비교하고 그들이 태생적으로 나보다 우월하다고 인정하는 말씀은 우스개로 하셨다고 해도 어린 학생이었던 내게는 '듣지 못하는 결함을 가진 자'란 낙인이었다.

열심히 농 문화를 알리지만 아직 모두가 이해하기는, 멀다

한창 예민한 질풍노도의 시기를 겪고 있던 10대 때 나는 더 많이 위축되었고, 무엇을 할 수 있을까, 무엇을 해야 하나 꿈꿔 보기도 전에 대다수 비장애 청인들이 만들어 놓은 틀 속에 꼼짝없이 갇혀 웅크렸다. 그래서 나는 더욱 농아동과 농청소년들에게 농인으로서의 자신감을 가르쳐 주고 지켜 주고 싶다. 마음껏 꿈꾸고 마음껏 도전하라고 응원하고 싶은 거다.

　흔히들 우리 농인들의 세상을 '들리지 않는 세상', '고요한 세상'이라고들 하는데 이건 청인 관점에서 비롯된 세상이다. 내게 움직이는 모든 것들은 '소리'다. 농인들 중 수다가 주특기인 사람이 모여 좌우로 현란하게 손을 막 움직여 대면 나에게는 '소음'으로 보인다. 우리는 '말'을 하지 못해 수어로 소통을 하는 것이 아니라 수어로 말하고 있는 것이다.

　우리는 태어날 때부터 소리 없는 고요의 시간과 공간을 경험한 사람이 아니다. 그러나 〈미드나잇 썬〉에서 병우가 보청기를 빼고 동생 희수에게 "아무것도 들리지 않으면 잠이 더 잘 온다."고 한 말은 세상의 모든 소리를 귀로 들으려고 온 신경을 집중했으니 너의 노력을 무시한 세상의 분분한 말들에 상처받거나 눈물 흘릴 필요 없다는 의미이다. 보청기를 빼고 지친 너를 위해 잠깐 휴식을 취하라며 위로하는 것이다. 청인이 바라는 사회 속 일원이 되기 위해 귀로 세상을 듣고자 애쓰며 살았던 일련의 시간을 멈추고, 눈을 감아 내 안의 너를 집중해 온전히 자신을 달래 주는 것이다.

대안학교 '소리를 보여 주는 사람들'

...

리후TV 유튜브 채널에 있는 동영상 중에 '소리를 보여 주는 사람들 대안학교(소보사)'를 방문하고 그곳 학생들과 즐겁게 이야기하고 간식도 먹는 장면이 있다. 수어로 자유롭게 하고 싶은 말을 내뱉는 아이들의 천진난만한 표정도 그대로 잘 담을 수 있었다. 영화배우로 소개받고 인사하는데 많은 활발한 농 아이들을 상대로 만나는 것이 거의 처음이었던 나는 처음에는 좀 어색했는데 먼저 다가가려는 나를 금세 반겨 주었다. 참 귀엽고 해맑은 미소들이었다. 그들은 수어를 공부하고, 수어로 세상을 공부했는데 친구들과 뛰어놀기도 열심이었다. 적어도 학교 안에서만큼은 그들에게 듣지 못한다는 것이 어떤 부끄러움이나 불편함은 아니었다.

서울시 강북구 수유동에 위치한 소보사는 우리나라 유일의 수어 중심 교육 대안학교이다. 소보사에서는 모든 과목을 수어로 가르치고 농 역사와 수어 시, 수어 문학도 교육한다. 학생들이 수어로 책을 읽고 수어로 감상과 생각을 나눈다. 때론 짓궂은 질문과 농담도 활발하다. 청인 부모에게 나고 자라 모국어가 수어는 아닐지라도 수어를 제1언어로 선택한 학생과 부모가 농인인 농가정 출신인 학생들이 한곳에 모여 수어로 공부하고 생각하면서 자연스럽게 농문화를 경험하며 동시에 정체성을 형성하게 되는 것이다.

수어로 문학을 한다는 것은 무엇일까? 수어로 예술을 어떻게 표현할까? 쉽게 접할 수 있는 수화노래를 예시로 생각해 보자. 보통 귀로 들려오는 가사를 수어로 옮겨 리듬에 맞춰 고개와 몸을 흔드는 퍼포먼스인데, 이러한 수화노래에 별 감흥을 느끼지 못하는 농인이 대부분이다. 어디서 전주가 끝나고 가사가 시작되는지, 가사 내용은 무엇인지 알 수 없기 때문이다. K-POP 아이돌도 일본에 진출할 때는 그 나라의 문화에 맞도록 적절하게 번안된 곡으로 활동을 하는데, 수화노래는 그렇지가 않다는 것이 문제다. 내가 알고 있는 기존의 지식을 배제하고 있는 그대로 새로운 정보와 지식을 받아들이는 것이 좋은 방법이다. 문화의 차이를 위계화할 수 없듯이 농인의 문화와 청인의 문화는 다르게 감각하고, 경험에 대한 다른 인식이 있기에 다를 수밖에 없음을 인정해야 한다.

장애가 있는 사람을 장애인이라고 하고, 그렇지 않은 사람을 비장애인이라고 하지만, 농 사회에서는 청력에 손실이 없는 장애인도 청인이라고 부르고, 청각장애가 있는 자신을 농인이라고 한다. 이것이 관점의 차이다. 청각장애인은 의료학적 관점의 말이다. 장애를 '고쳐야 할 치료 대상'으로 인식하는 것이다.

농인은 "언어·문화적 관점을 내포한 정의로, 한국수어를 주언어

로 사용하고 있는 원어민 혹은 한국수어를 제1언어로 사용하는 것을 지향하는 언어적 소수자들"로 개념화할 수 있다. 다수와 소수의 기준으로 '다름'을 위계화하는 것은 정서적, 사상적 폭력이다. 소보사는 농아동과 청소년이 자연스럽게 배우고 익히며 농인으로서 세상을 살아가는 다양한 방식을 수용하고 저마다 주체가 되어 살아갈 수 있게 튼튼한 뿌리내리기를 응원하고 교육하는 곳이다.

농인임에도 수어 사용이 완전하지 못했던 것은 청인 세상의 기준에서 벗어나는 순간 살 수 없다는 '사회적 시선' 때문이었다. 구화를 사용하는 사람들이 수어를 사용하는 사람들보다 우위에 있다는 사회적 시선 때문이다.

"리후는 일반 학교에 오래 다녔으니 농학교만 다닌 학생들보다는 똑똑할 거야. 게다가 말도 능숙하게 잘하잖아."

실제로 일반 학교에서 농학교로 전학 갔을 때 많은 교사들이 나에게 칭찬 아닌 칭찬을 아무렇지 않게 했었다.

그것도 학생들 앞에서 했기 때문에 일반 학교에 다녀 본 적이 없는 농학생들은 더더욱 의기소침해질 수밖에 없었다.

한국에서 청각장애인은 일반적으로 음성언어에 대한 교육을 받으며, 보청기 착용이나 인공와우 수술을 받아 구화를 배우는 것이 주요한 교육이었다. 나 또한 그랬다. 지금도 어린아이들에게 수어를 가르치는 학교는 많지 않다. 온 신경을 끌어모아 말하는 사람의 입 모양을 바라보고, 바람의 강약을 이해하여 발음을 흉내 내는 일이 유아기 시절부터 매우 중요한 학습이 되어 버리니 늘 어눌한 발음과 음의 고저 없는 말하기가 조심스러울 수밖에 없다. 이때 당연히 타인의 시선을 의식하게 되고, 청인들이 듣기에 '가장 자연스러운 말하기'를 잘하지 못하면 말뿐만 아니라 다른 모든 일에까지 주눅들 수밖에 없다. 지금은 한국수어가 언어로 인정받았다고 하지만 그 사실을 우리나라 국민 모두가 알지는 못하니 환경이 개선되었다고 장담할 수도 없다.

나를 비롯해 농인들은 수어를 배우는 것이 가장 편안하게 일상을 보내고 꿈을 꿀 수 있는 방법이다. 그런데 농학교에서조차도 한국어대응식 수화와 함께 입말로 수업을 진행하지 본래 고유 언어인 수어 그 자체로 수업을 하지는 않는다.

특수교육대학에서도 수어가 학습할 필수사항은 아니다. 농인들은 수어로 말하고 생각할 때 가장 평안하다. 그 평안함이 만들어 내는 생각과 삶의 양식이 있다. 농인의 문화는 시각의 문화이므로 청인의 문화를 완전히 받아들이고 이해하기는 어렵다. 이는 청인들도 마찬가지일 것이다.

모네의 그림을 보면서 청인들은 초록이 우거진 사이로 흐르는 냇가와 연못의 물소리, 지저귀는 새소리와 함께 자연의 치유와 아름다움을 상상하지만 농인들은 초록이 우거진 숲과 그 숲을 담은 초록 연못의 빛과 햇살을 통해서 계절의 풍경을 섬세하게 감각하고 상상

할 것이다. 타자의 인식과 감각을 판단하고 규정할 수 없는 것처럼 청인과 농인은 각자의 문화를 향유할 수는 있어도 판단할 수는 없는 것이다.

소보사는 농아동과 청소년들이 자신들의 언어와 문화를 존중받을 수 있는 공간이다. 어린 시절부터 자연스럽게 수어를 배우고 그 안에서 자존감을 구성하며 수어로 꿈을 꾸고 수어로 세상을 궁금해하고, 또 도전하기를 응원한다. 나는 소보사를 다녀오며 내 꿈을 다시 한 번 다질 수 있었다. 저 아이들이 나보다 더 강하고 건강하게 자라서 다양한 분야에서, 사회 곳곳에서 왕성하게 활동할 수 있도록 미력하나마 길을 닦는 일에 최선을 다해야겠다는 가슴 뻐근한 약속을 확인했다.

농 문화(Deaf Culture), 청능주의(Audism, 오디즘)에 답한다

...

청능주의는 음성언어 사용이 우월하다고 믿으며, 농인이 청인처럼 듣기를 희망하고 강요하는 일련의 의식과 행위이다. 때문에 청각장애가 있는 아이들에게 수어 교육보다는 보청기 착용이나 인공와우 수술을 먼저 고민하고, 각고의 노력으로 구화를 할 수 있도록 교육한다. 일반 학교에 적응하여 입시 교과를 공부하고 최대한 청인과 흡사한 일상과 꿈을 꾸게 한다. 아이들이 불안과 열등감과 긴장감에 지속적으로 노출될 수밖에 없는 현실이다.

실제로 농아동의 수어 교육이 열 살이 지나서야 시작된다는 한 조사는 이를 뒷받침한다(2020년 실시한 국립국어원의 조사에 따르면 우리나라 농인의 수어 교육 평균 연령은 15.6세라고 함). 보통 청인들이라면 유치원이나 초등 저학년 때 요리 실습 시간에 딸기를 직접 만져 보고 어떻게 생겼는지 눈으로 익히고 맛도 보는 식으로 모든 감각들을 발달시키는 훈련을 한다. 그러면서 빵에 딸기잼을 발라 보기도 하고, 그 빵을 직접 먹어 보기도 하고 그 과정에서 선생님

현대창작무용

과 대화도 하다 보면 자연스럽게 식사 예절까지 배울 수 있게 된다. 반면 농인의 경우 농아동에게 "이건, 딸기야. 따라해 봐. 딸. 기." 이런 식으로 딸기라는 단어를 반복적으로 가르치고 나면, 그다음에는 잼을 배울 차례다. 이제 필요한 단어를 발음할 수 있게 되면 거기서 그치지 않고, 그 단어들을 조합한 문장을 연습한다. "빵. 에. 딸. 기. 잼. 을. 발. 라. 요." 이런 식으로 구화를 중심적으로 해서 가르치다 보면, 다른 배울 것도 많은데 그 기회를 놓치게 되는 것이다. 이러한 교육 방식은 농아동이 수어를 배울 시기를 놓쳐서 의사소통 능력뿐만 아니라 문해력과 작문력 등의 발달을 저해하는 결과로 이어질 수 있다. 재활과 극복이라는 외부의 평가와 가치 기준이 강제하는 현실에 이제쯤 저항하고 해방을 이야기할 때가 되었다.

농 문화(Deaf Culture)는 시각적 언어인 수어를 통해 생각하고 생활하는 모든 생활 양식과 행동 양식이 차곡차곡 쌓인 유기체적 결과물이라 할 수 있겠다. 구체적으로 농인들은 서로 눈을 마주 보면서 대화를 하기 때문에 밝은 곳을 선호하고, 상대방의 주의를 끌기 위해서 어깨를 가볍게 치거나 발을 구르며 주의를 끄는 특성은 농문화의 일부이다. 이러한 모습은 청인들에게 어색하고 낯설 텐데 공용어로서 한국수어를 자주 접한다면 그런 문제쯤은 금세 사라질 것이다.

농 문화를 대표하는 것은 수어다. 앞서 말했듯 보이는 언어로서 수어는 말로 하는 언어와는 다른 문법 체계를 가지고 있고, 의미 또한 상이한 단어가 많다. 언어를 단순히 소통의 도구로 생각하는 것에서만 규정한다면 '말로 할 수 없어 뜻을 손가락으로 전달하는 언어'로 생각할 수밖에 없겠지만 언어의 또 다른 기능으로서 의미론적으로 이해한다면 언어는 수많은 의미를 내재한 그 자체로 독창적인 존재이다. 때문에 수어는 문학, 문화를 창조해 내고 그 안에 농인의 의식과 인식을 담아낼 수 있다. 서구권 중 특히 미국에서는 농 문학 즉, 농 유머, 농 수필, 수어 시 낭송, 가나다 숫자로 표현하는 시와 이야기 등과 재담과 만담, 연극 등을 농인이 직접 창작하거나 발표하는 사례가 풍부하다.

이것은 텍스트로 어떻게 설명이 어렵고, 청인 수어통역사도 수어 시를 통역하라고 하면, 칠색 팔색을 하면서 거절할 것이다. 그럴 수밖에 없는 게 시각 언어의 특성상 청인들에게는 전달되기 어려운 점이 있기 때문이다. 또, 유머는 수어의 손가락 모양으로 풀어내는 경우가 많아서 수어를 모를 때에는 이해가 어렵다. 이처럼 청인과 농인의 웃음 코드는 청각과 시각의 차이로 다르다. 청인이 소리로 감각하는 대상을 이미지로 구현한다면 농인은 잘 이해할 수 있을 거다. 그 반대로 농인의 시각적 감각을 이미지로 구현한다면 청인 또한 새로운, 다른 감각을 경험할 수 있다.

지금까지 한 번도 경험해 보지 못한 각각의 세계가 만나고, 결합하고, 섞이는 일련의 양상은 무궁무진한 상상의 세계를 선물한다. 그러니 이 선물을 청인과 농인 모두 함께 누리게 된다면 난 더 바랄 것이 없을 것 같다.

그동안 농인들은 청각적 삶에 가까워지려는 노력으로 많이 지쳤다. 상처도 받았고 흉내 내기에 많은 시간과 에너지를 쏟는 자신에게 자괴감도 느꼈을 것이다. 완벽하게 듣지 못하고, 정확하게 말하지 못하는 현실로 좌절도 했을 것이고, 그렇게 노력했음에도 여전한 차별 속에서 울분도 쌓였을 것이다. 농 문화는 농인들이 비로소 자신에게 맞고 편안한 방식으로 세상의 문을 열 수 있게 해 준다.

대한민국은 이미 다문화사회이고 이제쯤 다양한 문화 생성과 존중을 이야기한다. 문화의 혼종도 그 양상을 구체화하고 있는 듯하다. 사람들은 다양한 문화를 향유하며 복합적인 문화적 정체성을 형성해 간다. 그리고 이에 대한 목소리도 점점 높아지고 있다. 그러나, 나는 솔직히 잘 모르겠다. 왜인지는 모르겠는데, 우리나라가 단일민족국가라는 것에 자부심을 가진 기성세대 어른들을 일상에서 쉽게 접했던 나로서는 공감이 어렵다.

우리나라는 한반도라고는 하지만, 위에 북한이 자리하고 있어 사실상 섬나라 라고 볼 수 있을 정도로 사방이 다 막혀 있어 거리 간의 이동과 교류가 쉽지 않다. 그만큼 나와 '다름'에 대해서 받아들이는 환경이 구성되기 어려운데 단기간에 다른 문화에 대한 수용이 빨랐다. 그러나 나는 어쩐지 믿기가 어렵다. 한국 공용어이면서도 사용하는 사람이 소수인 한국수어에 대해서 모르는 사람이 많고, 관심 없는 사람은 더 많기 때문이다. 진정한 다문화 사회라면 국가가 나서서 한국수어의 언어적 위치를 드러내고 정확한 이해를 위해서 노력해야 한다. 그랬을 때 언어가 구성하는 농 문화의 이해와 확산

한국농아청년회서 활동하며 농 문화 알리기에 열심이다

도 기대해 볼 수 있다. 앞으로 청인들이 농 문화를 통해서 지금까지 한번도 경험해 보지 못한 새로움과 감정의 깊이를 경험할 수 있다면 문화의 다양성을 이해하고 타인과 그들의 문화를 존중하는 성숙한 구성원이 많아지는 기분 좋은 상상은 상상이 아닌 현실이 될 수 있을 것이다.

영화 〈코다(CODA)〉의 한 장면을 이야기하는 것으로 좀 더 구체적인 이해를 돕고 싶다. 주인공 '루비'의 농인 부모님은 딸의 합창부 공연을 보기 위해서 학교를 방문한다. 행사 당일 딸이 행복하게 노래하는 모습을 지켜보지만 노래의 끝과 시작을 알 수 없고, 가사도 알지 못해 주변 사람들의 표정을 탐색하는 것으로 모든 신경을 세운다. 그때, 영화는 갑자기 딸과 남학생 듀엣의 노랫소리를 소거한다. 1분여도 채 되지 않는 고요의 시간, 관객은 강제적으로 농인의 세계에 입장한다. 아마도 처음에는 매우 당황했을 것이다. 기기 고장이라고도 생각했을 수 있다. 그러다 곧 아무것도 들리지 않는 세상에서 웃고 있는 다른 사람들의 모습에 눈길이 머물 것이다. 그들의 웃고 있는 모습이, 자녀들을 바라보는 사랑 가득하고 믿음직해하는 촉촉한 눈망울을 볼 수 있게 될 것이다. 모든 소리가 사라진 곳에서, 순간에 보려는 것은, 보아야 할 것은 더 크고 선명하게 보이는 것을, 그 내면의 의미까지도 또렷해지는 것을 경험할 수 있었을 것이다. 듣지 못했을 때 비로소 듣게 되는 것이 있을 것이다.

나는 배우로서 우리 농 문화를 청인들에게 친절하게 안내하고 자연스럽게 수용할 수 있도록 역할을 할 것이다. 더 좋은 영화를 만나서 더 좋은 연기를 하고 그 과정에서 농인에 대한 이해를 구하고, 농인으로서 청인을 이해하는데 최선을 다할 생각이다. 지금처럼 유튜브 활동도 열심히 해서 더 쉽고 재미있게 농인과 수어, 농 문화에 대해서 알려 주고 싶다. 더불어 수어 교육과 농통역사 역할에도 가지고 있는 재능을 아끼지 않을 생각이다. 나를 비롯해 재능 있는 많은 농인들이 세계로 나아가 자신의 역량을 확인하고 당당하게 자신의 자리를 마련할 수 있기를 내게도, 다른 친구와 동료, 후배들에게도 기대하고 응원한다.

억지 감동은 싫다, 잘 '보는' 예술을 하겠다

...

왜 나는 배우가 되고 싶었을까, 기억을 되짚어 본다. 중학생이었을 때다. 영화 속에서 다양한 캐릭터를 연기하는 배우들이 멋져 보였다. 스크린 속에서는 여러 가지 삶을 살 수 있을 것 같았다. 나도 내 안에서 만들어진 다양한 감정들을 어떻게든 정리해서 표출하고 싶었고, 또 세상에 드러내어 보여 주고도 싶었다. 영화 속 어떤 인물이라면 그 일이 수월할 것 같았다. 또 당시에 배우 홍석천이 커밍아웃을 하고 가수 하리수가 성전환 사실을 밝히면서 수많은 악플과 편견을 깨고 방송을 했기 때문에 나도 그들처럼 편견과 차별의 문턱을 넘고 싶었다.

용기 내서 부딪혀 보자고 생각하고 무작정 사람들 앞에 나서기로 마음먹었다. 많은 사람들 앞에서 청각장애가 있는 나를 드러낼 용기가 있어야 이후에 어떤 일이든 할 수 있다고 생각했다. 우여곡절이 있었지만, 사진 모델로 활동하다가 어찌어찌 김조광수 감독의 영화에 캐스팅될 수 있었다.

하지만 장애가 있는 사람이 배우라는 꿈을 꾸기에는 현실적인 제약이 많았다. 배역이 제한적인 것도 아쉬웠지만 여러 스태프와 일해야 하고, 상대 배우와의 호흡도 중요했기 때문에 청인과 농인이 함께 작업할 때의 어려움쯤은 '서로 배려하고 인정해야 한다.'고 생각한 숙제가 결코 쉽지 않았다. 나도 기회의 빈곤과 배역의 제한으로 배우 생활을 지속할수록 답답한 마음이 커졌다. 지금도 마찬가지다. 미국 할리우드에서는 '장애인 히어로', '흑인 인어공주'가 등장하는 등 사회적 소수자에 대한 인식이 개선되고 있는데 한국 영화계에서는 아직 먼 이야기인 것 같기 때문이다.

예술인이라면 누구나 그렇듯 가슴이 뜨거워 그 길을 포기하지 못하고 어렵게 걸어가는 것일 것이다. 나 또한 그렇다. 주연으로 영화에 등장하고 그 덕분에 여러 가지 일을 하다 보니 영화에 대한 목마름이 갈수록 더하다. 영화 출연 이후 초창기에는 제법 많은 언론에서 인터뷰를 요청하고 취재하고 그랬는데 대부분의 기사 머리글이 '장애 극복', '감동'이었다. 나는 장애를 극복했다고 생각하지 않고, 누구에게도 그것으로 감동을 주고 싶지 않았다. 장애물을 만들어 내어 핸디캡을 적용시킨 것은 내가 아니라 비장애인이니 극복 또한 내가 아니라 그들의 몫인 것이다. 그런데 각종 매체의 초점은 '장애 극복, 감동 스토리'였다. 어쩌면 지속적인 활동에 제약이 따른 것도 장애인 배우의 연기를 장애 극복이란 감동 메시지로 호도했기 때문인 것 같다. 스포츠에서도, 예술에서도, 사회에서도, 심지어 일상생활에서까지 장애 극복 서사 강요는 버겁고 힘들다.

나는 농인이기 전에 배우로서 세상과 소통하고, 공유하고 싶었다. 나의 듣지 못함이 분명한 개성이라고 생각했기 때문에 내가 배우가 된다면 더 많고, 다양한 이야기가 쏟아져 나올 거라고 상상했다. 엘사 혹은 블랙팬서나 캡틴마블처럼 좀 특별한 존재로서 나의 모습이 상상되기를 기대했었다. 물론 그런 상상에는 농인에 대한 거절과 거북함의 인식과 태도를 바꾸려는 숨은 의도가 있다. 영화처럼 지극히 대중적인 예술 방식에서 장애인이 흥미롭고 멋지게 형상화된다면, 장애인에 대한 불편한 인식쯤 한 방에 날려 버릴 수 있을 거라고 생각했다. 그와 함께 나는 잘 볼 수 있으니 내가 본 수많은 표정과 이야기와 생각들이, 주변의 이야기와 감정들이 쉼 없이 돋아나서 이야기를 더욱 풍요롭게 해 줄 수 있다는 자신감으로 가득했다.

그러나 현실은 내 생각과 같지 않았다. 가능성보다는 한계를 더 많이 생각했고 기회를 말하기보다는 현실의 제약에 눌려 있었다. 상상의 가치를 발견하는 창조적 작업에서조차 현실적인 제약과 당장의 불편함이 우선이었다. 간혹 어떤 사람들은 내게 무슨 큰 기회를 주는 것처럼 눈빛과 태도에서 감사와 양보를 종용했다.

나는 소리를 눈으로 본다. 내가 보는 갖가지 움직임과 색깔과 변화를 나와 소통하는 청인들이 공감하고 공유할 수 있다면, 그럴 기회를 거절하지 않는다면 영화의 소재는 물론이고 촬영 기법이나 주제 또한 다양하게 발전해 갈 수 있을 거다. 동시에 농인 또한 경험해 보지 못한 청인의 의식과 문화를, 세계를 이해하고 포용할 수 있을 것이다. 그리하여 또 다른 무엇을 창조해 낼 수 있다. 나는 이러한 예술적 작업들이 청인과 농인 사이에서 보다 활발하고 원활하게 발생하기를 기대한다.

몇 년째 연기와 거리가 생긴 것 같아서 솔직히 좀 불안하다. 사실, 내가 배우를 할 수 있었던 것은 구화가 가능한 농인이기 때문이었다. 소보사 학생에게도 솔직하게 구화가 안 되면 청인과 함께 일할 수 없고, 순전히 연기가 하고 싶으면 농인들과 함께할 수 있는 극단에서 활동해야 한다는 마음 아픈 말을 했어야 했다. 그런데 내가 되도록이면 수어로 소통하는 모습을 미디어로 내보내고 싶다고 하니 그러면, 다른 구화인에게 섭외 요청하겠다고 대놓고 말을 하는 일부 관계자가 있었다. 초반 열정과 패기로 어떻게든 할 수 있을 것만 같았던 20대의 나는 30대가 되면서 사회와의 타협을 해야 하나 싶을 정도로 굳건했던 신념이 흔들릴 정도로 많이 지쳐 있었다. 내가 꼭 필요한 역할이 있을 거라 믿고 잠잠히 때를 기다리고 있지만 조금은 조급해지는 마음을 숨길 수 없다. 나의 개성을 살려서 농사회, 농 문화를 유쾌하게 알리고 싶어 시나리오도 썼다. 꼭 영화나 드라마로 만들어지길 소망하고 있다.

일련의 바쁘고 분주한 수많은 일에 깊이, 혹은 얕게라도 참여하고 있는 것은 개인적인 명예나 돈을 얻기 위한 것이 아니다. 농인의 문화를 알리고, 편견을 해소하고 싶은 것이 가장 크고, 또 청인들에게 농인의 세계를 보여 주고 싶어서다. 내가 좀 더 유명해지면 꿈이

소녀시대 수영은 흥미롭게 수어를 배웠다

있고, 가능성 있는 농인 후배를 발굴해 줄 수 있을 것이다. 또 스태프들도 한국 농인들을 섭외함으로써 농인의 역량과 잠재력을 확인해 줄 수도 있다. 농인에 대한 긍정적 이미지를 심어 줄 수 있을 것이다.

언젠가는 슈퍼히어로로, 또는 사람들을 벌벌 떨게 하는 빌런 연기를 하고 싶다. 그래서 농인 스스로 열패감이나 열등감에 주눅들어 살지 않게 되기를 희망한다. 우리 후배들이나 동료들이 하고 싶은 일을 말하고, 도전하고, 마침내 성공하는 모습을 보고 싶다. 농인 청소년이나 청년 후배들만큼은 이름만 대면 알 만한 유명 배우들 뒤에서 수어 지도나 교정을 하던 나의 전철을 밟지 않기를 바란다. 무엇을 하든 자신의 일로 존중받기를 바란다.

엘사와 캡틴 마블로 인해 많은 여자아이들이 여성도 하나의 인격체로서 주도적이고 강인한 역할을 할 수 있다는 것을 알게 되었다. 블랙팬서로 인해 많은 흑인들이 현실에서도 영웅으로 자리잡은 것처럼 농청소년들이, 또 후배들이 본인의 존재 자체를 더 널리 알릴 수 있도록 역할을 하는 것이 지금 내가 가장 잘할 수 있는 일일 것 같다. 이제 조금 알려진 사람이지만 내일은 더 나은 사람이 되고 더 많이, 더 크게 꿈꾸는 배우가 될 것이기에 농인 후배들에게 긍정적인 꿈과 희망 그리고 자신감을 갖게 해 줄 수 있다고 믿는다.

이제 우리에게 남은 과제

...

　오랫동안 여러 비평가들에 의해서, 또 장애인 개인과 단체에서 항의하고 있는 것은 아직도 각종 미디어에서 장애인이 왜곡되게 형상화되고 있다는 점이다. 문화 콘텐츠 강국인 우리나라에서는 절대로 있을 수가 없는 일이 계속되고 있어서 매우 안타깝고 속상하다.

　나는 미디어의 장애인 왜곡이 '비장애인들의 감동 포르노'라고 생각한다. 장애인에 대한 입장은 전혀 고려하지 않은 채 장애인을 멋대로 규정짓는 모습이 그대로 드러나고 있기 때문이다.

　어제오늘의 일이 아닌 문제에 대한 해결은 어쩌면 매우 단순하다. 장애인들에게 일자리를 주는 것이다. 아시안 역할을 아시안이 연기하는 것이 당연한 것처럼 농 역할 또한 농인이 직접 맡아야 한다. 비장애인의 장애인 연기를 두고 서구에서는 '크리핑 업(Cripping up)'이라고 부른다. 마치 원작의 아시아계나 흑인 역할을 각색해 백인이맡는 것을 두고 '화이트 워싱(Whitewashing)'이라고 비판하는 것과 유사한 맥락이다.

드라마나 영화에서 상영 시작 첫 장면에서 픽션임을 알리는 안내문을 내보내는 것을 통해서 대중매체의 영향력을 실감할 수 있다. 그렇기에 의사 표현을 자유롭게 연기하는 농인이나 장애인의 모습이 많이 방영된다면 장애에 대한 왜곡된 인식과 편견을 불식할 수 있을 뿐만 아니라 장애가 있는 배우의 출연 기회도 그만큼 더 많아져서 문화 예술은 더욱 풍요해질 수 있을 것이다. 장애인 역할은 장애인이 했을 때 리얼리티를 살릴 수 있다. 장애인 연기는 장애인이 했을 때 그 내면의 감정과 무의식의 의식까지 끌어낼 수 있다. 현장의 소통쯤 아무런 문제가 되지 않는다. 좋은 영화, 감동 있는 영화를 만들기 위해서 스태프와 연기자가 하나 되어 온 힘을 쏟는데 방법을 찾을 수 없겠는가.

(사)한국장애예술인협회에서 조사한 바에 따르면 장애예술인 중에서도 영화나 연극 등에 종사하는 대중예술 종사자는 매우 적은 편이다. 혼자서 작업하는 미술 분야는 전시회를 열고 작가로 등단하는 경우가 많지만 영화나 연극, 드라마 등은 캐스팅되어야 하기에 그만큼 활동이 어렵다. 또, 캐스팅된다고 하더라도 장애인은 장애를 가진 역할밖에 할 수 없기 때문에 선택의 폭이 좁다. 그뿐만 아니라 2007년 제정된 장애인차별금지 및 권리 구제 등에 관한 법률(약칭 장애인차별금지법) 11조에 따르면, 사용자는 장애인이 직무를 수행함에 있어서 비장애인과 동등한 근로조건에서 일할 수 있도록 정당한 편의를 제공해야 하지만 촬영 현장에서는 이를 적용하기가 어렵다. 솔직히 힘이 없는 무명 배우이자 농인 배우로서 현장에서

편의 제공을 요청해도 귀 기울여 줄 사람은 없거나 매우 적다. 법 조항 만으로는 현실적인 문제를 해결할 수 없다. 사람들이 어울려 작업하는 촬영 현장의 경우 법 조항을 이야기하며 필요한 것을 요구한다면 더더욱 일하기가 어려워질 수 있다. 그러니 '장애인 쿼터제' 등을 만들어서 어떤 역할이든지 장애인이 작품에 출연할 수 있도록 한다면 편의제공 같은 항목만 나열하는 것보다는 훨씬 더 실제적인 변화가 있을 것이다.

그래도 지금은 백상예술대상 연극 부문에 최초로 농인 배우 박지영 씨가 후보에 이름을 올리고 tvN 드라마 〈우리들의 블루스〉에서 농인 역할을 맡았던 농인 배우 이소별 씨 외에도 각자의 영역에서 연기 활동하고 있는 농인들을 보니, 다시 또 기대와 희망이 생긴다. 농인 배우가 활약할 수 있는 무대가 다양해지기를 바란다. 그리고 그 무대에 나 또한 당당히 서 있기를 기대한다.

김리후

농통역사(청각장애인통역사)

2022 가사절차에 관한 법률용어 수어집-수어 모델 외 다수
2021 EBS라디오 '일상에 대하여' 시리즈-수어 통역
2021~2019 한국농아청년회 5대 국제이사
2020 메가박스 '영화관내 비상대피 안내'-수어 모델
2019 ICSD워크숍 및 제47회 총회(발테리나-발치아벤타 동계 데플림픽, 이탈리아)-
　　 영어 및 국제수화 통역
2019 보건복지부 국립재활원 의료용어 수어해설사전-수어 모델
2019~2012 국립장애인도서관 한국수어영상도서-수어 모델
2019~2012 DBN 한국농아방송-앵커 및 리포터
2018 KBS스페셜 '너의 손이 빛나고 있어'-수어 내레이션
2018 국정도서 청각국어 5, 6학년 수어영상-수어 모델

〈필모그래피〉
2014 〈미드나잇 썬〉 주연(류준열 데뷔작, 류경수 출연)
2010 〈사랑은 100℃〉 데뷔작, 주연(류혜영, 안재홍 출연)

〈방송〉
2023 MBC 〈뉴스데스크〉, YTN 뉴스
2022 tvN SHOW 〈프리한 19〉 '편견을 극복한 인간 승리 19' 7위
2020 KBS 열린채널
2012, 2008 KBS 〈사랑의 가족〉
2005 KBS 〈무한지대 큐〉 외 다수

〈공연〉
2022 〈Runway-Passion of Fashion〉 외 다수

〈광고〉
2022 롯데그룹-오새내이(오늘을 새롭게, 내일을 이롭게) 외 다수

〈기타〉
2019 CJ헬로 '수어, 또 하나의 언어' 배리어프리 캠페인-홍보대사
2013 중앙대학교 졸업영화제 CGFF-최우수연기상
2012 MMDI(Miss & Mister Deaf International) TOP10 외 다수